SV

Band 867 der Bibliothek Suhrkamp

Stanisław Lem
Die Geschichte von den drei geschichtenerzählenden Maschinen des Königs Genius

Aus dem Polnischen übersetzt
von Jens Reuter

Suhrkamp Verlag

Die Erzählung erschien unter dem Titel
Bajka o trzech maszynach otowiadających króla Genialona
in der Sammlung *Cyberiada*, Kraków 1965

Erste Auflage 1985
Lizenzausgabe mit freundlicher Genehmigung
des Insel Verlags Frankfurt am Main

Druck: Nomos Verlagsgesellschaft, Baden-Baden
Printed in Germany

Die Geschichte von den drei geschichtenerzählenden Maschinen des Königs Genius

Eines Tages erschien ein Fremder bei Trurl, und gleich als er aus seinem Photonen-Phaeton stieg, war klar, daß er kein gewöhnliches Wesen war, sondern aus den ganz entlegenen Regionen des Kosmos stammen mußte, denn wo alle von uns Arme haben, hatte er nur eine leichte Brise, und wo sich normalerweise Beine befinden, hatte er nichts als einen schimmernden Regenbogen, und anstelle eines Kopfes trug er einen kostbaren Federhut; seine Stimme kam aus der Mitte des Körpers, denn er war eine vollkommene Kugel, eine Kugel von äußerst gewinnendem Aussehen, ganz umschlungen von einem reich verzierten Plasmagurt. Nachdem er Trurl begrüßt hatte, erzählte er, er bestehe eigentlich aus zwei Wesen, nämlich der oberen und der unteren Halbkugel; die obere hieß Synchronicus, die untere Symphonicus. Trurl war begeistert von dieser genialen Problemlösung bei der Konstruktion intelligenter Wesen und gestand bereitwillig ein, daß er noch nie ein so präzise gearbeitetes Individuum gesehen hatte, geschweige denn eine derart abgerundete Persönlichkeit mit solch geschliffenen Manieren. Der Fremde lobte Trurls ausnehmend schönen Körperbau seinerseits in den höchsten Tönen und brachte das Gespräch nach diesem Austausch von Höflichkeiten auf den eigentlichen Zweck seines Besuchs. Als guter Freund und treuer Diener des berühmten Königs Genius sei er zu Trurl gekommen, um bei ihm drei geschichtenerzählende Maschinen zu bestellen.

»Mein allergnädigster Herr und König«, sagte er, »hat sich schon längst von allen Regierungsgeschäften und herrscherlichen Pflichten zurückgezogen, zu diesem Verzicht hat ihn die Weisheit gebracht, die er durch sorgfältiges Studium des Laufs der Welten erworben. Nachdem er sein Königreich verlassen hatte, zog er sich in eine trockene und luftige Höhle zurück, um sich ganz seinen Meditationen hinzugeben. Oftmals jedoch wird er von Melancholie und Widerwillen gegen sich selbst heimgesucht, und dann vermag ihn nichts anderes zu trösten als spannende und ungewöhnliche Geschichten. Jedoch die wenigen von uns, die treu an seiner Seite geblieben sind, haben ihm schon längst keine neuen Geschichten mehr zu erzählen. Und so wissen wir denn keinen anderen Rat, als uns an dich zu wenden, verehrter Konstrukteur, damit du uns mit den Maschinen, die du so trefflich zu bauen verstehst, dabei hilfst, dem König die Sorgen zu vertreiben.«

»Das kann ich tun«, sagte Trurl. »Aber weshalb wollt ihr gleich drei Maschinen?«

»Wir möchten«, antwortete Symchrophonicus und drehte sich dabei leicht bald in die eine, bald in die andere Richtung, »wir möchten, daß die erste lehrreiche, jedoch heitere, die zweite witzige und spritzige und die dritte tiefgründige und erschütternde Geschichten erzählt.«

»Mit anderen Worten, die erste soll der Schärfung des Geistes, die zweite der Zerstreuung und die dritte der moralischen Erbauung dienen«, sagte Trurl. »Ich verstehe. Wollen wir über die Bezahlung gleich oder erst später sprechen?«

»Sowie du die Maschinen gebaut hast, reibe diesen Ring«, war die Antwort, »und das Phaeton wird vor dir erscheinen. Steige mitsamt deinen Maschinen ein, und es wird dich sogleich zur Höhle von König Genius bringen. Dort trage deine Wünsche vor, er wird tun, was er kann, um sie zu erfüllen.«

Er verbeugte sich, gab Trurl einen Ring, erstrahlte in blendendem Glanz und rollte zum Phaeton zurück, das sich blitzschnell in eine Wolke gleißenden Lichts hüllte, und im nächsten Augenblick stand Trurl mit dem Ring in der Hand allein vor seinem Haus, nicht sehr zufrieden mit dem, was sich soeben zugetragen hatte.

»Tun, was er kann!« brummte er wütend. »Oh, wie ich das hasse, wenn sie das sagen! Ich weiß nur zu genau, was das bedeutet: Sobald es ans Bezahlen geht, ist es vorbei mit all den Höflichkeiten, Artigkeiten und sonstigen Fisimatenten, dann gibt es nichts als Scherereien, sogar mit Prügeln muß man rechnen . . .«

Da begann der glänzende Ring in seiner Hand zu vibrieren und sagte:

»Die Redewendung ›tun was er kann‹ beruht nur darauf, daß König Genius in Anbetracht des Verlusts seines Königreichs nur noch begrenzte Mittel zur Verfügung stehen. Er wendet sich an dich, verehrter Konstrukteur, sozusagen als ein Weiser an den anderen; und offensichtlich hat er sich nicht geirrt, denn, wie ich sehe, versetzen dich Worte, ausgesprochen von einem Ring, absolut nicht in Erstaunen. Sei daher auch nicht erstaunt über die angespannten finanziellen Verhältnisse des Königs, denn du wirst eine reichliche Belohnung erhalten, wenn auch vielleicht nicht in Gold. Doch nicht jeder Hunger auf der Welt kann mit Gold gestillt werden.«

»Was willst du mir da erzählen, mein lieber Ring?« gab Trurl zurück. »Als Weiser an einen Weisen, schön und gut, doch die Elektrizität, die Ionen, Atome und anderen Kostbarkeiten, die zum Bau von Maschinen verwendet werden, sind höllisch teuer geworden. Deswegen liebe ich klare Verträge, in denen alles durch Paragraphen geregelt ist, mit Unterschriften, Stempeln und Siegeln. Ich bin wirklich nicht hinter jedem Groschen her, aber ich liebe Gold, besonders in großen Mengen, und ich schäme mich nicht, das zuzugeben. Sein Funkeln, sein goldener Schimmer, seine süße Schwere in der Hand: das begeistert mich, wenn ich zwei Säcke blitzender Dukaten auf den Fußboden schütte, um mich darin zu wälzen. Dann wird mir warm ums Herz, und in meiner Seele wird es so hell, als hätte jemand die Sonne in ihr entzündet. Zum Teufel noch mal, ich liebe mein Gold!« schrie er, berauscht von seinen eigenen Worten.

»Aber weshalb muß es das Gold sein, das dir andere

bringen? Kannst du dir nicht selbst davon so viel herstellen, wie du willst?« fragte der Ring und erstrahlte vor Staunen.

»Ich weiß zwar nicht, wie weise König Genius ist«, erwiderte Trurl, »du aber bist, wie ich sehe, ein völlig ungebildeter Ring. Meinst du im Ernst, ich sollte mir mein Gold selber machen? Hat man so etwas je gehört? Lebt ein Schuster davon, daß er sich selbst die Schuhe schustert, kocht ein Koch seine eigene Mahlzeit oder kämpft ein Soldat seine Kämpfe? Und dann die Selbstkosten, hast du noch nie davon gehört? Im übrigen, falls es dich interessiert, meine größte Liebe ist das Gold, meine zweitgrößte, mich zu beschweren. Doch halt mich nicht länger mit deinem Gerede auf, ich muß mich an die Arbeit machen!«

Und er legte den Ring in eine alte Blechbüchse, krempelte die Ärmel hoch und baute drei Maschinen in drei Tagen, ohne auch nur ein einziges Mal die Werkstatt zu verlassen. Dann dachte er darüber nach, welche äußere Form er ihnen geben sollte, damit sie seiner ausgeprägten Neigung zur Schlichtheit und Funktionalität entsprächen. Er probierte nacheinander die verschiedenartigsten Gehäuse aus, und jedesmal gab der Ring seinen Senf dazu, so daß er die Blechbüchse verschließen mußte, um nicht durch unqualifizierte Bemerkungen gestört zu werden.

Zum Schluß strich er die Maschinen an, die erste

weiß, die zweite azurblau und die dritte schwarz; dann rieb er den Ring, belud das Phaeton, das sogleich erschienen war, mit sämtlichen Maschinen, stieg schließlich selbst ein und wartete, was geschehen würde. Ein Heulen und Zischen ertönte, eine Staubwolke erhob sich, und als sie sich verzogen hatte, schaute Trurl aus dem Fenster und sah, daß er sich in einer geräumigen Höhle befand, deren Boden mit weißem Sand bestreut war; zunächst bemerkte er einige hölzerne Regale, die sich unter der Last zahlreicher Bücher und Folianten bogen, sodann eine Reihe prächtig leuchtender Kugeln. In der einen erkannte er den Fremdling wieder, der die Maschinen bestellt hatte, in der mittleren Kugel, die größer als alle anderen war und bereits die Patina des Alters trug, vermutete er den König. Er stieg aus und verbeugte sich tief vor ihr. Der König begrüßte ihn freundlich und sagte:

»Es gibt zwei Arten von Weisheit: Die erste neigt zur Aktivität, die zweite zur Inaktivität. Bist du nicht auch der Meinung, ehrenwerter Trurl, daß die zweite die größere ist? Denn sicherlich vermag sogar ein sehr weit in die Zukunft schauender Geist nicht die letzten Konsequenzen seines gegenwärtigen Handelns vorherzusehen, somit sind die Konsequenzen derart ungewiß, daß sie das Handeln selbst problematisch machen. Und somit liegt die Vollkommenheit in der Abstinenz von jeglichem Handeln – und eben dadurch unterscheidet sich die Weisheit vom

bloßen Intellekt, daß sie zu solchen Differenzierungen fähig ist.«
»Die Worte Eurer Majestät«, erwiderte Trurl, »kann man auf zweierlei Art deuten. Einerseits können sie eine subtile Anspielung enthalten, die darauf abzielt, den Wert meiner Arbeit herabzusetzen und damit meinen beharrlichen Fleiß, der es erst ermöglichte, daß dort im Phaeton die drei bestellten Maschinen bereitliegen. Eine solche Interpretation fände ich höchst unerfreulich, denn sie würde gewissermaßen auf eine mangelnde Bereitschaft hindeuten, was die Frage meines Honorars anbelangt. Oder aber es geht lediglich um die Doktrin der Inaktivität, von der wir sagen können, daß sie in sich widersprüchlich ist. Um dem Handeln entsagen zu können, muß man zunächst zum Handeln fähig sein. Derjenige, der darauf verzichtet, Berge zu versetzen, weil ihm die Mittel dazu fehlen, und diese Abstinenz damit erklärt, sie sei durch Weisheit diktiert, macht sich mit solch wohlfeiler Philosophie nur lächerlich. Inaktivität ist gewiß, aber das ist auch alles, was sich an Positivem über sie sagen läßt. Das Handeln ist ungewiß, und darin liegt sein Reiz. Was die weiteren Konsequenzen des Problems anbelangt, so kann ich – falls dies der Wille Eurer Königlichen Majestät sein sollte – eine entsprechende Maschine bauen, die es bis in die letzten Verästelungen verfolgt.«
»Die Frage des Honorars wollen wir ganz an den Schluß der erfreulichen Begleitumstände stellen, die

dich zu uns geführt haben«, sagte der König und verbarg die Heiterkeit, in die ihn Trurls Worte versetzt hatten, hinter einer rollenden Bewegung seines Körpers. »Und jetzt, edler Konstrukteur, geruhe mein Gast zu sein! Nimm inmitten treuer Freunde an dieser bescheidenen Tafel Platz und erzähle uns von den Taten, die du vollbracht, aber auch von denen, die du wohlweislich unterlassen hast.«

»Euer Majestät sind zu gütig«, antwortete Trurl. »Ich fürchte jedoch, daß es mir dazu an Eloquenz mangelt, doch diese drei Maschinen, die ich mitbrachte, werden mich ausgezeichnet vertreten, was mit dem Vorzug verbunden wäre, daß Majestät sie bei dieser Gelegenheit ausprobieren könnten.«

»Es soll sein, wie du sagst«, stimmte der König zu.

Jedermann nahm eine Haltung größter Aufmerksamkeit und Erwartung an. Trurl holte die erste – die weißlackierte – Maschine aus dem Phaeton, drückte auf einen Knopf und nahm zur Rechten von König Genius Platz. Und schon begann die Maschine zu sprechen:

»Dies ist die Geschichte von den Vielianern, ihrem König Mandrillion, seinem Perfekten Ratgeber sowie Trurl, dem Konstrukteur, der den Ratgeber zunächst schuf und ihn später vernichtete. Wenn ihr die Geschichte noch nicht kennt, hört mir zu!

Das Reich der Vielianer ist berühmt wegen seiner Bewohner, die sich dadurch auszeichnen, daß sie so viele sind. Eines Tages, als der Konstrukteur Trurl durch die safrangelben Regionen des Sternbilds Deliria streifte, kam er vom Wege ab und erblickte einen Planeten, der in unablässiger Bewegung zu sein schien. Als er näher heranflog, sah er, daß dieses Phänomen durch die ungeheuren Massen verursacht wurde, die seine Oberfläche bevölkerten. Er landete, nachdem er unter großen Mühen ein paar Quadratmeter relativ freien Feldes entdeckt hatte. Die Eingeborenen liefen herbei, drängten sich um ihn und riefen immer wieder: »Wir sind viele, wir sind schrecklich viele!« Da sie jedoch alle durcheinanderschrien, konnte Trurl lange Zeit nicht ausmachen, worum es ihnen eigentlich ging. Als er schließlich verstanden hatte, fragte er:

»Seid ihr wirklich so viele?«

»Ja, wirklich!« schrien sie und platzten fast vor Stolz. »Wir sind unzählige!«

Und andere riefen:

»Wir sind wie die Fische im Meer!«

»Wie die Sterne am Himmel!«

»Wie Sandkörner am Strand! Wie Atome!«

»Angenommen, das stimmt«, sagte Trurl. »Was habt ihr davon, daß ihr so viele seid? Zählt ihr euch denn unablässig, und macht euch das Vergnügen?«

»Oh, ungebildeter Fremdling!« war ihre Antwort. »Wenn wir mit den Füßen stampfen, dann erzittern die Berge, wenn wir husten oder prusten, so entsteht ein Wirbelsturm, der Bäume knickt, als wären es

Streichhölzer, und wenn wir uns dicht zusammensetzen, dann bleibt kaum Raum zum Atmen.«

»Aber warum sollten Berge erbeben und Wirbelstürme Bäume knicken, und weshalb sollte kein Raum zum Atmen bleiben?« fragte Trurl. »Ist es nicht besser, wenn die Berge still an ihrem Platz stehen, wenn der Wind nicht weht und jeder genug Raum zum Atmen hat?«

Die Vielianer waren äußerst empört über diesen Mangel an Respekt gegenüber ihrer mächtigen Zahl und zahlenmäßigen Macht, und daher stampften sie mit den Füßen, husteten und prusteten und setzten sich dicht zusammen, um Trurl zu beweisen, wie viele sie waren und welche Konsequenzen das hatte. Ein furchtbares Erdbeben entwurzelte die Hälfte aller Bäume, die herabstürzend siebenhunderttausend Eingeborene unter sich begruben; Wirbelstürme knickten den Rest des Waldes wie Streichhölzer, was weitere siebenhunderttausend Opfer forderte, während den Überlebenden kaum Raum zum Atmen blieb.

»Gütiger Himmel!« schrie Trurl, der zwischen den sitzenden Vielianern eingepfercht war wie ein Ziegel in einer Backsteinmauer. »Was für eine Katastrophe!«

Wie sich sogleich erwies, hatte er sie mit diesen Worten nur noch mehr gegen sich aufgebracht.

»Unwissender und barbarischer Fremdling!« riefen sie. »Was kann schon der Verlust von einigen Hunderttausend für die Vielianer bedeuten, deren Myriaden nicht zu zählen sind?! Was unbemerkt verlorengeht, hat den Namen Verlust doch gar nicht verdient. Wir haben dir nur gezeigt, wie mächtig wir sind, wenn wir stampfen, husten oder prusten und eng zusammensitzen. Stell dir vor, was erst passieren würde, wenn wir größere Dinge in Angriff nähmen!«

»Tatsächlich«, sagte Trurl, »ihr dürft nicht denken, daß mir eure Denkweise völlig unbegreiflich ist. Es ist ja wohlbekannt, daß alles, was groß und zahlreich ist, die allgemeine Aufmerksamkeit erregt. So ruft z. B. abgestandenes Gas, das träge über dem Boden eines alten Fasses kreist, niemandes Bewunderung hervor, wenn aber genug davon vorhanden ist, um einen galaktischen Nebelfleck entstehen zu lassen, dann sind gleich alle völlig aus dem Häuschen. Und doch handelt es sich um ein und dasselbe abgestandene und absolut gewöhnliche Gas, nur daß es in großen Mengen auftritt.«

»Was du da sagst, gefällt uns nicht!« schrien sie. »Von abgestandenem Gas wollen wir nichts hören!«

Trurl sah sich verstohlen nach der Polizei um, aber die Menge stand viel zu dicht gedrängt, als daß auch nur ein einziger Ordnungshüter hätte durchkommen können.

»Liebe Vielianer«, sagte er, »erlaubt mir, euren Planeten zu verlassen, denn ich teile euren Glauben an den unsterblichen Ruhm großer Zahlen nicht, solange hinter einer Zahl nichts als eine Zahl steht.«

Sie aber nickten sich nur zu und schnippten mit den Fingern, was eine solch gewaltige Druckwelle auslöste, daß Trurl in die Atmosphäre geschleudert wurde, sich mehrfach überschlug, nach längerer Luftfahrt auf beide Beine fiel und sich im Garten des königlichen Palasts wiederfand. In diesem Augenblick näherte sich ihm Mandrillion der Größte, Herrscher aller Vielianer; er hatte Trurls Flug und Landung amüsiert beobachtet und sagte jetzt:

»Wie ich höre, Fremdling, hast du der zahlenmäßigen Stärke meines Volkes nicht die gebührende Reverenz erwiesen; schuld daran dürfte dein umwölkter Verstand sein. Wenngleich du von höheren Dingen nichts verstehst, besitzt du offensichtlich eine gewisse Geschicklichkeit in den niederen Künsten, was sich gut trifft, denn ich brauche einen Perfekten Ratgeber, und du wirst ihn mir bauen.«

»Welche Fähigkeiten soll dieser Ratgeber haben, und was bekomme ich, wenn ich ihn baue?« fragte Trurl und klopfte sich den Staub aus den Kleidern.

»Er soll einfach alles können, das heißt: Auf jede Frage eine Antwort wissen, jedes Problem lösen, den absolut besten Rat geben, mit anderen Worten, die höchste Weisheit ganz in meinen Dienst stellen. Wenn du ihn konstruiert hast, schenke ich dir hundert- oder zweihunderttausend meiner Untertanen; falls du ein paar tausend mehr haben willst, so wollen wir darüber nicht streiten.«

»Mir scheint es eine gefährliche Sache, wenn denkende Wesen im Überfluß vorhanden sind, denn dann bedeuten sie nicht mehr als Sand; dieser König trennt sich ja leichter von einem ganzen Schwarm seiner Untertanen als ich mich von einem Paar alter Schuhe!« dachte Trurl.

Laut jedoch sagte er:

»Majestät, mein Haus ist klein, und ich wüßte nicht, was ich mit Hunderttausenden von Sklaven anfangen sollte.«

»Hab keine Sorge, einfältiger Fremder, ich habe Spezialisten, die dich über die endlosen Vorteile aufklären werden, die mit dem Besitz einer großen Horde von Sklaven verbunden sind. Man kann sie zum Beispiel in Trachten unterschiedlicher Farben kleiden, damit sie sich auf einem großen Platz zu einem Mosaik formieren oder lebende und höchst lehrreiche Inschriften bilden. Man kann sie zu Bündeln zusammenbinden und die Berge hinunterrollen, man kann auch einen großen Hammer bauen – fünftausend genügen für den Hammerkopf und dreitausend für den Stiel –, um damit einen Felsblock zu spalten oder einen Wald niederzureißen. Man kann sie zu einem Tau flechten und künstliche Schlingpflanzen oder Gehänge herstellen, wobei die zuunterst über dem Abgrund Schwebenden durch die possierlichen Verrenkungen ihrer Körper, durch ihr hilfloses Strampeln und Quietschen ein Spektakel bieten, das Auge wie Ohr schmeichelt und die Seele aufjauchzen läßt. Oder nimm zehntausend junge

Sklavinnen, laß sie alle auf einem Bein stehen und befiehl ihnen, mit dem rechten Arm eine Acht und mit dem linken Kreise zu beschreiben – das ist ein Schauspiel, auf das du niemals mehr verzichten möchtest, ich weiß, was ich sage, ich spreche aus Erfahrung!«

»Majestät!« erwiderte Trurl. »Mit Wäldern und Felsblöcken werde ich mit Hilfe meiner Maschinen fertig, und was Mosaiken und Inschriften anbelangt, so ist es nicht meine Gewohnheit, sie aus Wesen zu formen, die eine andere Verwendung möglicherweise vorziehen würden . . .«

»Was, dreister Fremdling«, sagte der König, »willst du dann für deinen Ratgeber haben?«

»Einhundert Sack Gold, Majestät.«

Mandrillion war absolut nicht geneigt, sich von soviel Gold zu trennen, doch dann kam ihm plötzlich eine äußerst raffinierte Idee; die aber behielt er wohlweislich für sich und sagte: »Es soll sein, wie du sagst.«

»Ich werde mich bemühen, Euer Majestät zufriedenzustellen«, versprach Trurl und ging zum Turm des Schlosses, den ihm Mandrillion zur Werkstatt bestimmt hatte. Und bald erscholl dort das Fauchen der Gebläse, der helle Klang der Hämmer und das Knirschen der Säge. Der König hatte Spione ausgesandt, die das Werk überwachen sollten; die aber kehrten fassungslos vor Staunen zurück, denn Trurl hatte überhaupt keinen Ratgeber, sondern ein ganzes Ensemble von Schmiede-, Schweiß- und Verkabelungsmaschinen gebaut. Als nächstes setzte er sich hin und stach mit einem Nagel so lange winzige Löcher in einen endlosen Papierstreifen, bis er das exakte Programm des Ratgebers fertiggestellt hatte; dann ging er spazieren, während sich die Maschinen im Turm die ganze Nacht abrackerten, und am Morgen des folgenden Tages war die Arbeit getan. Am Vormittag betrat Trurl den Prunksaal des Schlosses mit einer riesigen Puppe, die zwei Beine, aber nur einen winzigen Arm hatte, und erklärte dem König, dies sei der Perfekte Ratgeber.

»Mal sehen, ob er etwas taugt . . .«, sagte Mandrillion und befahl, den Marmorfußboden augenblicklich mit Zimt und Safran zu bestreuen, so stark war der Geruch von heißem Eisen, den der Ratgeber verströmte, denn er kam ja frisch aus dem Ofen und glühte noch an einigen Stellen. »Du kannst gehen«, sagte der König zu Trurl, »komm am Abend wieder, dann wollen wir sehen, wer wem wieviel schuldet.«

Trurl ging hinaus und dachte, daß die letzten Worte Mandrillions nicht gerade von übermäßiger Freigebigkeit zeugten, ja vielleicht lagen hinter ihnen sogar irgendwelche bösen Absichten verborgen. Deshalb war er doppelt froh, daß er die Universalität des Ratgebers mit einer winzigen, jedoch wesentlichen Einschränkung versehen hatte: Das Programm des künstlichen Weisen enthielt die strikte Instruktion, daß er bei allem, was er tun werde, niemals die Vernichtung seines Schöpfers zulassen dürfe.

Alleingeblieben mit dem Ratgeber, sprach der König:

»Wer bist du und was kannst du?«

»Ich bin der Perfekte Ratgeber des Königs«, erwiderte dieser mit einer Stimme, so dumpf, als käme sie aus einem hohlen Faß, »und ich kann die besten aller möglichen Ratschläge geben.«

»Gut«, sagte der König. »Und wem schuldest du Gehorsam und Treue, mir oder deinem Konstrukteur?«

»Treue und Gehorsam schulde ich nur Eurer Königlichen Majestät«, dröhnte es aus dem Ratgeber.

»Gut«, brummte der König, »für den Anfang, das heißt . . . nun ja . . . ich möchte natürlich nicht, daß mein erster Wunsch an dich den Eindruck erweckt, daß ich geizig oder knauserig wäre . . . bis zu einem gewissen Grade jedoch geht es mir einfach ums Prinzip, verstehst du?«

»Eure Königliche Hoheit haben noch nicht geruht zu sagen, was eigentlich dero Wille ist«, erwiderte der Ratgeber und stützte sich auf ein drittes Bein, das er mit einer geschickten Bewegung aus seinem Rumpf herausklappte, denn er hatte Schwierigkeiten mit dem Gleichgewicht.

»Ein Perfekter Ratgeber sollte in der Lage sein, die Gedanken seines Herrn und Meisters zu lesen!« knurrte Mandrillion wütend.

»Natürlich, aber doch nur auf ausdrücklichen Befehl, sonst würde er ja eine Indiskretion begehen«, gab der Ratgeber zurück, öffnete eine kleine Klappe in seinem Bauch und drehte an einem kleinen Knopf mit der Aufschrift »Telepathograph«. Dann lächelte er verständnisvoll und sagte:

»Eure Königliche Hoheit möchten Trurl keinen roten Heller geben, nicht wahr?«

»Wenn du irgend jemandem auch nur ein Wort davon erzählst, dann lasse ich dich in die große Mühle werfen, deren Steine dreißigtausend meiner Untertanen auf einmal zermahlen können«, drohte der König.

»Keiner Seele werde ich etwas erzählen!« versicherte der Ratgeber. »Eure Majestät haben nicht den Wunsch, für mich zu bezahlen, nichts leichter als das. Wenn Trurl wiederkommt, so sagt Ihr ihm einfach, von Euch werde er kein Gramm Gold sehen, und er solle gefälligst seiner Wege gehen.«

»Du bist ein Idiot, aber kein Ratgeber!« sagte der König wutschnaubend. »Ich will nicht bezahlen, aber es muß so aussehen, als sei das einzig und allein Trurls Schuld. Als stünde ihm absolut nichts zu, verstehst du?«

Der Ratgeber schaltete den Apparat zum Lesen der königlichen Gedanken ein, schwankte leicht hin und her und sagte: »Eure Majestät möchte den Eindruck erwecken, daß Sie gerecht und in völliger Übereinstimmung mit Ihrem einmal gegebenen Wort handeln, während Trurl als schändlicher Schuft und Scharlatan dastehen soll . . . Ausgezeichnet. Mit Erlaubnis Eurer Majestät werde ich mich jetzt auf Höchstderoselbst stürzen, Euch bei der Kehle packen und würgen, wenn Hoheit dann bitte die Liebenswürdigkeit hätten, entsprechend laut zu schreien und um Hilfe zu rufen . . .«

»Bist du verrückt geworden?« sagte Mandrillion. »Weshalb solltest du mich würgen, und weshalb sollte ich um Hilfe rufen?«

»Damit Ihr Trurl anklagen könnt, weil er mit meiner Hilfe versucht hat, das Verbrechen des Königsmords zu begehen!« erklärte der Ratgeber strahlend. »Wenn Eure Hoheit ihn dann auspeitschen und von den Zinnen des Schlosses in den Burggraben werfen lassen, so wird jedermann sagen, daß dies ein Akt höchster Gnade war, denn gewöhnlich wird solch ein Verbrechen durch Rädern und Vierteilen gesühnt, nach voraufgegangener Folter, versteht sich. Mich hingegen, als das unwissende Werkzeug in Trurls Händen, werden Eure Majestät von aller Schuld freisprechen und begnadigen, und jedermann wird die Großzügigkeit und Güte des Königs rühmen, und alles wird ganz so sein, wie Eure Majestät es wünschen.«

»Na schön, dann würg mich, aber vorsichtig, du Schuft!« sagte der König.

Und alles geschah genau so, wie es der Perfekte Ratgeber vorausgesagt hatte. Der König wollte eigentlich, daß man Trurl die Beine ausriß, bevor man ihn in den Burggraben warf, aus irgendeinem Grunde aber kam es dazu nicht. Schuld daran waren meine unklaren und etwas verworrenen Befehle, dachte der König voller Bedauern, in Wirklichkeit war es jedoch der Ratgeber, der diesen barbarischen Akt durch eine diskrete Intervention verhindert hatte. Der König begnadigte den Ratgeber wie geplant und setzte ihn wieder in all seine Rechte bei Hofe ein. Trurl hingegen, den man ausgepeitscht und jämmerlich verprügelt hatte, humpelte inzwischen von Schmerzen geplagt nach Hause. Gleich nach seiner Rückkehr begab er sich zu Klapauzius, erzählte ihm die ganze Geschichte und sagte:

»Dieser Mandrillion ist ein viel größerer Schurke, als ich gedacht habe. Er hat mich nicht nur schändlich betrogen, sondern er hat sogar den von mir gebauten Ratgeber dazu benutzt, um einen niederträchtigen Anschlag gegen mich auszuhecken und mich um meinen Lohn zu prellen! Er täuscht sich jedoch, wenn er meint, daß ich das Spiel verloren gebe. Der Rost soll mich total zerfressen, wenn ich jemals die Rache vergesse, die ich diesem Tyrannen schuldig bin!«

»Was also willst du tun?« fragte Klapauzius.

»Vor Gericht werde ich ihn bringen, er wird mein Honorar auf Heller und Pfennig zahlen! Und das ist erst der Anfang, denn er schuldet mir weit mehr als Gold für all die Schmerzen und Mißhandlungen.«

»Das ist eine schwierige juristische Frage«, sagte Klapauzius, »ich schlage vor, du suchst dir einen guten Anwalt, bevor du irgend etwas unternimmst.«

»Weshalb sollte ich zu einem Anwalt gehen?« gab Trurl zurück. »Ich werde mir selbst einen machen.«

Und Trurl ging nach Hause, schüttete sechs gehäufte Löffel Transistoren in einen Topf, gab die gleiche Menge an Kondensatoren und Widerständen dazu, goß noch etwas Elektrolyt hinein, rührte gut um und deckte das Ganze mit einem Deckel zu, dann legte er sich schlafen, und innerhalb von drei Tagen hatte sich die Mischung selbst organisiert und war ein erstklassiger Anwalt geworden. Trurl war zu faul, ihn aus dem Topf herauszunehmen, denn er brauchte ihn ja nur für diesen einen Fall, also stellte er den Topf auf den Tisch und fragte:

»Wer bist du?«

»Ich bin niedergelassener Anwalt und Notar«, sagte der Topf in glucksendem Ton, denn durch ein Versehen war etwas zuviel Elektrolyt hineingeraten. Trurl trug die ganze Sache vor, woraufhin der Topf sagte:

»Du hast das Programm des Ratgebers mit der Einschränkung versehen, daß er deine Vernichtung in keinem Fall zulassen darf?«

»Ja, damit er mich nicht vernichten konnte, mehr habe ich wirklich nicht hineinprogrammiert.«

»Damit hast du den Vertrag nicht hundertprozentig erfüllt, denn der Ratgeber sollte ja alles können, ohne Ausnahme. Da er dich aber nicht zerstören konnte, war er auch nicht perfekt.«

»Und wenn er mich vernichtet hätte, wer hätte dann das Honorar in Empfang nehmen sollen?«

»Das ist ein gesondertes Problem und eine andere Sache, die im Lichte der Paragraphen betrachtet werden muß, die im Hinblick auf eine strafrechtliche Verantwortlichkeit Mandrillions heranzuziehen wären, deine Forderung hingegen hat eindeutig zivilrechtlichen Charakter.«

»Das wird ja immer schöner. Nun will mich schon ein Topf Zivilrecht lehren!« schrie Trurl zornig. »Wessen Anwalt bist du eigentlich, meiner oder der von diesem Strolch, dem König?«

»Deiner, aber der König war im Recht, als er dir die Bezahlung verweigerte.«

»War er etwa auch im Recht, als er mich von den Zinnen in den Burggraben werfen ließ?«

»Das ist ein anderer, ein strafrechtlicher Fall und ein gesondertes Problem«, gab der Topf zurück.

Trurl bebte vor Zorn.

»Da macht man aus einem Bündel alter Drähte, Spulen und Widerstände ein intelligentes Wesen und bekommt statt eines vernünftigen Rats nichts als Ausflüchte zu hören! Du schäbiger elektronischer Winkeladvokat, ich werde dir zeigen, daß mit mir nicht zu spaßen ist!«

Und er stülpte den Topf um, schüttete den ganzen Inhalt auf den Tisch und demontierte ihn so rasch, daß dem Anwalt keine Zeit blieb, gegen diesen Schritt Berufung einzulegen.

Trurl machte sich erneut an die Arbeit und baute einen zweistöckigen *Juris Consilarius*, vierfach verstärkt im Hinblick auf das Bürgerliche und das Strafgesetzbuch, um aber ganz sicherzugehen, schloß er ihn zusätzlich an das Verwaltungs- und Völkerrecht an. Dann schaltete er den Strom ein, trug seinen Fall vor und fragte:

»Wie kann ich zu meinem Recht kommen?«

»Der Fall ist kompliziert«, sagte die Maschine, »du mußt mir in beschleunigtem Verfahren oben noch fünfhundert und an der Seite zweihundert Transistoren einbauen.«

Trurl kam diesem Wunsch sogleich nach, woraufhin die Maschine sagte:

»Zu wenig! Ich bitte um einen Zusatzverstärker und zwei extrastarke Spulen.«

Danach sprach sie wie folgt:

»Der *Casus* als solcher ist interessant; jedoch sind hier zwei Dinge zu berücksichtigen: zum einen die Gründe für die Klage – und da wäre sehr viel zu machen –, zum anderen das Verfahren selbst und die Frage nach der zuständigen Instanz. Es kommt überhaupt nicht in Betracht, den König in einem Zivilprozeß vor irgendein Gericht zu zitieren, denn das stünde im Widerspruch zum internationalen wie auch zum interplanetarischen Recht. Meine endgültige Meinung zu dem Fall werde ich dir mitteilen, wenn du mir versprichst, daß du mich hernach nicht gleich in sämtliche Einzelteile zerlegst.«

Trurl gab sein Wort und sagte:

»Aber wie bist du nur auf den Gedanken gekommen, daß dir die Demontage droht, falls du mich nicht zufriedenstellst?«

»Ich weiß auch nicht, ich hatte einfach so ein dumpfes Gefühl.«

Trurl erriet, daß diese Ängste wohl auf die Tatsache zurückzuführen waren, daß er zum Bau seines Gegenübers Teile des Kochtopfadvokaten verwendet hatte. Spuren der Erinnerung an diesen Vorfall mußten in den neuen Schaltkreisen zurückgeblieben sein und dort eine Art unterbewußten Komplex verursacht haben.

»Nun, und deine endgültige Meinung?«

»Die lautet so: Da es keine zuständigen Tribunale gibt, kann es auch kein Verfahren geben. Der Prozeß kann weder gewonnen noch verloren werden.«

Trurl sprang auf und drohte dem maschinellen Anwalt mit der Faust, sein gegebenes Wort aber mußte er halten, und so tat er ihm nichts Böses. Er ging zu Klapauzius und erzählte ihm alles.

»Ich habe gleich gewußt, daß die Sache hoffnungslos ist, aber du wolltest mir ja nicht glauben«, sagte Klapauzius.

»Der Schurke wird nicht ungestraft davonkommen«, gab Trurl zurück, »wenn ich auf gerichtlichem Wege keine Genugtuung bekommen kann, so werde ich mich auf andere Weise an diesem königlichen Halunken rächen!«

»Ich bin neugierig, wie du das machen willst. Du gabst dem König den Ratgeber, und welche Not und Plagen oder welches Unglück du immer über den König und sein Reich heraufbeschwören magst, er wird sie alle abwehren. Ja, Trurl, davon bin ich fest überzeugt, denn ich habe volles Vertrauen zu deinen Fähigkeiten als Konstrukteur!«

»Du hast recht. Es sieht ganz so aus, als hätte ich mich selbst durch den Bau des Perfekten Ratgebers jeder Möglichkeit beraubt, mit diesem Scheusal von König abzurechnen. Aber auch in dieser Festung muß irgendwo ein schwacher Punkt stecken, und ich werde weder ruhen noch rasten, bis ich ihn gefunden habe!«

»Was willst du tun?« fragte Klapauzius, aber Trurl zuckte nur mit den Achseln und machte sich auf den Heimweg. Lange Zeit ging er nicht aus dem Haus, sondern saß da und meditierte; bald durchblätterte er in der Bibliothek Hunderte von Bänden, bald führte er im Laboratorium geheimnisvolle Experimente durch. Klapauzius besuchte ihn von Zeit zu Zeit und staunte über die Verbissenheit, mit der Trurl versuchte, sich selbst zu besiegen, denn der Ratgeber war ja in gewissem Sinne ein Teil von ihm, er hatte ihm schließlich all seine Weisheit verliehen. Eines

Nachmittags kam Klapauzius zur gewohnten Zeit, traf Trurl jedoch nicht zu Hause an. Die Tür war verschlossen, die Fensterläden verriegelt, vom Hausherrn keine Spur. Klapauzius gelangte zu dem Schluß, Trurl habe mit seinen Operationen gegen den Herrscher der Vielianer begonnen, und er sollte sich nicht getäuscht haben.

Mandrillion genoß indessen seine Macht wie nie zuvor, denn wenn es ihm an guten Ideen fehlte, dann brauchte er nur den Ratgeber zu fragen, der davon einen unerschöpflichen Vorrat zu besitzen schien. Der König hatte weder Hofintrigen und Palastrevolutionen noch einen äußeren Feind zu fürchten, er regierte mit eiserner Hand, und im Süden des Landes reiften nicht so viele Weinreben heran wie Gehenkte an den Galgen des Reiches schaukelten.

Der Ratgeber besaß inzwischen vier Kisten voll mit Orden, die ihm der König für seine erfolgreiche Tätigkeit verliehen hatte. Ein Mikrospion, den Trurl ins Land der Vielianer entsandt hatte, kehrte mit der Neuigkeit zurück, der König habe den Ratgeber in aller Öffentlichkeit als seinen »Herzbruder« bezeichnet. Soviel Wohlwollen hatte sich der Ratgeber mit der Idee verdient, eine große Parade zu veranstalten, bei der die Untertanen als Konfetti benutzt wurden.

Trurl ging jetzt ohne Zaudern und Zögern vor, denn sein Aktionsplan war fertig ausgearbeitet; er setzte sich also hin und schrieb auf cremefarbenem Papier, geschmückt mit der Freihandzeichnung einer Erdbeerpflanze, einen Brief an den Ratgeber. Der Inhalt des Briefs war simpel:

Lieber Ratgeber! Ich hoffe, daß es Dir ebenso gut geht wie mir, vielleicht sogar noch besser. Ich habe gehört, daß Dir Dein Monarch sein ganzes Vertrauen schenkt, und daher bitte ich Dich im Hinblick auf diese große Verantwortung vor der Geschichte und der Staatsraison, Deine Pflichten gewissenhaft und unter Anspannung aller Kräfte zu erfüllen. Solltest Du einmal Schwierigkeiten haben, einen Wunsch des Königs zu erfüllen, so wende die Extra-Spezial-Methode an, die ich Dir seinerzeit bis ins letzte Detail erklärt habe. Falls Du Lust hast, schreib mir bitte ein paar Zeilen, doch nimm es mir nicht übel, wenn ich nicht gleich antworte, ich bin zur Zeit sehr beschäftigt, weil ich gerade einen Ratgeber für König D. baue. Mit einem Gruß an Dich und den untertänigsten Empfehlungen an Deinen Herrn bin ich

Dein Konstrukteur
Trurl

Dieser Brief erregte natürlich das Mißtrauen der vielianischen Geheimpolizei und wurde peinlich genau untersucht. Man fand jedoch keinerlei geheime Chemikalien im Papier, und auch die sorgfältige Prüfung der die Erdbeerpflanze darstellenden Zeichnung im Hinblick auf darin verborgene Zahlen blieben ergebnislos. Dieser Umstand rief ungeheure

Aufregung im Hauptquartier der Polizei hervor, der Brief wurde mehrfach photographiert, kopiert und von Hand abgeschrieben, das Original jedoch erhielt ein funkelnagelneues Siegel und wurde dem Adressaten zugestellt. Der Ratgeber las das Schreiben und war bestürzt, denn er begriff sehr wohl, daß dies ein Schachzug Trurls war, der ihn kompromittieren, wenn nicht gar ruinieren sollte. Daher erzählte er dem König sogleich von dem Brief und stellte Trurl als üblen Schurken hin, der es darauf abgesehen habe, ihn in den Augen des Königs zu diskreditieren; dann versuchte er, die Botschaft zu dechiffrieren, denn er war sicher, daß die unschuldigen Worte nur eine Maske waren, hinter der die finstersten Scheußlichkeiten verborgen lagen.

Plötzlich unterbrach der schlaue Ratgeber seine Arbeit, legte den Kopf schief und dachte nach; dann stand er auf und teilte dem König mit, er wolle Trurls Brief dechiffrieren, um dessen perfide Intentionen zu entlarven. Dazu besorgte er sich die notwendige Menge an Stativen, Filtern, Trichtern, Reagenzgläsern und Chemikalien, um eine äußerst komplizierte Analyse des Kuverts und des Briefpapiers vorzunehmen. All das wurde genauestens von der Geheimpolizei überwacht, die in die Wände seiner Gemächer die üblichen Horch- und Spähapparaturen eingebaut hatte. Als die Chemie versagte, machte sich der Ratgeber an die Kryptoanalyse des Textes selbst, indem er ihn zunächst unter Zuhilfenahme der Logarithmentafel und elektronischer Rechenmaschinen in endlose Zahlenkolonnen verwandelte. Er ahnte nicht, daß die besten Spezialisten der Polizei, angeführt vom Code- und Feldmarschall selbst, jede seiner Operationen nachvollzogen. Je länger die vergeblichen Anstrengungen der Spezialisten dauerten, desto unruhiger wurde man im Hauptquartier der Polizei, denn allen Fachleuten war klar, daß der, der allen Versuchen ihn zu knacken widerstand, zu den raffiniertesten gehören mußte, die jemals angewandt wurden. Der Marschall sprach davon zu einem Höfling, der den Ratgeber schon seit langem um die Gunst des Königs beneidete. Dieser Höfling, dem an nichts mehr gelegen war, als im Herzen des Königs Zweifel zu säen, erzählte Mandrillion, sein erklärter Favorit habe sich eingeschlossen und verbringe ganze Nächte damit, den verdächtigen Brief zu studieren. Der König lachte und sagte, darüber sei er bestens informiert, denn der Ratgeber habe ihm selbst davon Mitteilung gemacht. Der neidische Höfling verstummte verwirrt und hinterbrachte die Nachricht sogleich dem Marschall.

»Oh!« stöhnte der hochbetagte Kryptographologe, »er hat es sogar dem Monarchen erzählt? Das ist doch der Gipfel der Perfidie! Und was muß das für ein teuflischer Code sein, wenn er es wagt, so offen darüber zu sprechen!«

Dann befahl er den Brigaden, ihre Anstrengungen zu verdoppeln. Als nach einer Woche noch immer keine Resultate vorlagen, wurde der berühmteste Experte auf dem Gebiet der Geheimschriften hinzugezogen – Professor Occulticus, Entdecker der unsichtbaren Zeichensprache. Nachdem der Gelehrte den inkriminierten Brief sowie sämtliche Berichte der Spezialisten studiert hatte, erklärte er, man müsse die trial-and-error-Methode anwenden, wozu allerdings Computer von astronomischem Format erforderlich seien.

Nach Operationen von gigantischem Ausmaß stellte sich heraus, daß man den Brief auf dreihundertachtzehn verschiedene Arten lesen konnte.

Die ersten fünf Varianten lauteten: »Der Kakerlak von Melkersdorf ist heil angekommen, aber der Bettpfanne ist eine Sicherung durchgebrannt.« – »Roll die Tante der Lokomotive zu Kalbsschnitzeln!« – »Die Verlobung der Butter wird nicht stattfinden, denn die Schlafmütze ist vernagelt.« – »Wer gehabt hat, ist gewesen, wer gelacht hat, wird gelesen.« – »Aus Erdbeeren unter der Folter kann man eine ganze Menge herausholen.« Professor Occulticus hielt die fünfte Variante für den Schlüssel des Codes; nach dreihunderttausend Rechenvorgängen kam er zu dem Ergebnis, man müsse lediglich sämtliche Buchstaben des Briefes addieren, von dieser Summe die Parallaxe der Sonne plus die jährliche Produktion von Regenschirmen subtrahieren, sodann die Kubikwurzel aus der Restsumme ziehen, und schon ergebe sich ein einziges Wort, nämlich

»kruzafix«. Im Adreßbuch fand man einen Untertanen namens »Kruzafux«. Occulticus erkannte mit einem Blick, daß die Vertauschung eines einzigen Buchstabens nur zu dem Zweck erfolgt sein konnte, Spuren zu verwischen, und Kruzafux wurde verhaftet. Es genügte ein wenig Überzeugungsarbeit unter Anwendung des sechsten Grades, und der Verbrecher gestand, er sei tatsächlich im Komplott mit Trurl gewesen, der ihm einen vergifteten Nagel und einen Hammer schicken wolle, damit er dem Monarchen den Garaus machen könne. Nachdem der Code- und Feldmarschall die Beweise des Hochverrats schwarz auf weiß in Händen hielt, legte er sie unverzüglich dem König vor; Mandrillion aber besaß noch so viel Vertrauen zu seinem Ratgeber, daß er ihm die Möglichkeit gab, sich zu rechtfertigen.

Der Ratgeber leugnete nicht, daß man den Brief durch Umstellung der Buchstaben in einer ganzen Reihe von Varianten lesen konnte. Wie er sagte, hatte er selbst weitere hunderttausend Varianten entdeckt, das allein beweise jedoch gar nichts, in Wirklichkeit sei der Brief überhaupt nicht verschlüsselt, denn schließlich könne man die Buchstaben eines jeden Textes so rekombinieren, daß sich ein neuer Sinn oder der Schatten eines Sinns ergäbe, das Ganze bezeichne man dann als Anagramm. Derartige Probleme seien der Gegenstand der Permutations- und Kombinationstheorie. Trurl, sagte der Ratgeber, wolle ihn kompromittieren und diskreditieren, indem er die Fiktion eines Codes aufrechterhalte, obwohl in Wirklichkeit keiner existiere. Der arme Teufel Kruzafux sei völlig unschuldig; sein Geständnis sei ihm von den professionellen Überzeugern im Hauptquartier der Polizei in den Mund gelegt worden, die ja keine geringe Übung in der sanften Kunst der Überredung und darüber hinaus Verhörmaschinen mit einer Ausgangsleistung von einigen tausend Kiloschlag besäßen. Die Kritik an der Polizei nahm der König sehr übel, und als er dann weitere Erklärungen verlangte, begann der Ratgeber, in immer komplizierteren Wendungen von Anagrammen und Permutationen, Codes, Ziffern, Symbolen, Signalen und der allgemeinen Informationstheorie zu sprechen; schließlich wurden seine Ausführungen derart unverständlich, daß der König in heftigen Zorn geriet und ihn in den tiefsten Kerker werfen ließ. Bald darauf traf eine Postkarte von Trurl mit folgendem Inhalt ein:

Lieber Ratgeber! Vergiß die himmelblauen Schrauben nicht, sie könnten noch von Nutzen sein. Dein Trurl

Der Ratgeber wurde unverzüglich gefoltert, gestand jedoch nichts, sondern wiederholte beharrlich, all das seien nur finstere Intrigen von Trurl; als man ihn nach den himmelblauen Schrauben fragte, schwor er, solche weder zu besitzen, noch von ihnen zu wissen. Folglich mußte man ihn im Interesse einer gründlichen Untersuchung auseinandernehmen. Der König gab die Erlaubnis, und die Schmiede machten sich an die Arbeit. Die Panzerung des Ratgebers barst unter ihren Hämmern, und bald darauf wurden dem König zwei winzige, öltriefende Schräubchen vorgelegt, deren Farbe unbestreitbar himmelblau war. Und obwohl der Ratgeber im Laufe der sorgfältigen Nachforschungen völlig zerstört worden war, hatte der König angesichts dieser Beweisstücke keine Gewissensbisse mehr.

Eine Woche später erschien Trurl selbst vor den Toren des Palasts und bat um eine Audienz beim König. Mandrillion wollte ihn eigentlich auf der Stelle enthaupten lassen, doch verblüfft durch ein solches Maß an Unverfrorenheit, befahl er, den Konstrukteur vor sein Angesicht zu bringen.

»Mein lieber König!« sagte Trurl, kaum daß er den Thronsaal, in dem sich die Höflinge drängten, betreten hatte. »Ich habe dir einen Perfekten Ratgeber gebaut, und du hast ihn dazu benutzt, mich um meinen verdienten Lohn zu prellen, wobei du nicht zu Unrecht annahmst, das geistige Potential, das ich dir überließ, werde ein perfekter Schutzschild gegen alle Angriffe sein und jeden Versuch, mich zu rächen, zum Scheitern verurteilen. Doch dadurch, daß ich dir einen intelligenten Ratgeber gab, erhöhte ich ja nicht deine eigene Intelligenz, und genau hier lag der Ansatzpunkt für meine Aktion; denn nur wer selbst ein wenig Verstand besitzt, ist in der Lage, vernünf-

tige Ratschläge zu befolgen. Auf subtile, scharfsinnige oder raffinierte Weise konnte ich den Ratgeber nicht vernichten. Also mußte ich unvorstellbar primitive und plumpe, ja geradezu dumme Mittel einsetzen. Die Briefe waren nicht chiffriert; der Ratgeber war dir bis zum Schluß treu; von den himmelblauen Schräubchen, die sein Ende bedeuteten, wußte er nichts. Sie waren in einen Eimer mit Farbe gefallen, als ich den Ratgeber zusammenbaute; zufällig erinnerte ich mich später an dieses Detail und machte es mir zunutze. So konnten Dummheit und Mißtrauen Weisheit und Loyalität vernichten, und du selbst warst das Instrument deiner Niederlage. Und jetzt gib mir die hundert Sack Gold, die du mir schuldest, sowie weitere hundert für die Zeit, die ich damit verschwenden mußte, mir mein Honorar zu erkämpfen. Tust du das nicht, so wirst du mit deinem ganzen Hof zugrunde gehen, denn du hast den Ratgeber nicht mehr an deiner Seite, der dich vor mir schützen könnte!«
Der König brüllte vor Wut und gab den Wachen ein Zeichen, die sich auf Trurl stürzten, um dem unverschämten Eindringling auf der Stelle den Garaus zu machen. Aber ihre fauchenden Hellebarden durchschnitten die Gestalt des Konstrukteurs, als sei sie aus Luft, und sie wichen voller Entsetzen zurück. Trurl lachte und sagte:
»Ihr könnt auf mich einhauen, soviel ihr wollt, denn ich bin nur ein Trugbild, hervorgebracht durch fern-

gesteuerte Spiegel, in Wirklichkeit schwebe ich hoch über eurem Planeten in einem Raumschiff, und solange ich mein Gold nicht habe, werde ich todbringende Raketen auf den Palast abfeuern.«
Er hatte noch nicht zu Ende gesprochen, da gab es einen Knall, und eine furchtbare Explosion erschütterte den ganzen Palast; die Höflinge flohen in Panik, und der König, vor Scham und Wut einer Ohnmacht nahe, mußte Trurl auf Heller und Pfennig bezahlen.
Als Klapauzius nach Trurls Rückkehr von dieser Wendung der Dinge erfahren hatte, fragte er seinen Freund und Gefährten, weshalb er eine derart primitive, seinen eigenen Worten nach dumme Methode angewendet habe, wo er doch die Möglichkeit hatte, einen Brief zu schreiben, der tatsächlich einen Code enthielt.
»Das Vorhandensein eines Codes hätte der Ratgeber dem König leichter erklären können als das Nichtvorhandensein«, erwiderte der weise Konstrukteur. »Es ist immer leichter, sich zu einer bestimmten Tat zu bekennen, als zu beweisen, daß es eine solche Tat nicht gegeben hat. In diesem Fall wäre das Vorhandensein eines Codes eine simple Sache gewesen, sein Nichtvorhandensein aber führte zu Komplikationen, denn es ist tatsächlich so, daß man jeden Text zu einem anderen, einem Anagramm, rekombinieren kann, und es kann sehr viele derartiger Rekombinationen geben. Um nun all diese Zusammenhänge zu

erklären, mußte der Ratgeber auf absolut richtige, jedoch höchst verwickelte Argumente zurückgreifen, die – dessen war ich mir sicher – den beschränkten Horizont des Königs übersteigen würden. Es ist einmal gesagt worden, daß man nur einen festen Punkt benötigt, um die Welt aus den Angeln zu heben, und so mußte auch ich bei meinen Bemühungen, einen Verstand zu überlisten, der perfekt war, einen festen Punkt finden, ich fand ihn in der Dummheit.«

Hiermit beendete die erste Maschine ihre Geschichte, verbeugte sich tief vor König Genius und zog sich bescheiden in einen Winkel der Höhle zurück.

Der König äußerte seine Zufriedenheit über diese lehrreiche Geschichte und fragte Trurl:

»Sag uns bitte, mein lieber Konstrukteur, erzählt die Maschine nur, was du sie gelehrt hast, oder liegt die Quelle ihres Wissens außerhalb von dir? Erlaube mir auch zu bemerken, daß die Geschichte, die wir gehört haben, so lehrreich und unterhaltsam sie auch ist, dennoch unvollständig zu sein scheint, denn wir haben nichts über das weitere Schicksal der Vielianer und ihres törichten Königs erfahren.«

»Majestät«, sagte Trurl, »die Maschine berichtet nichts als die Wahrheit, denn bevor ich hierher kam, habe ich ihre Informationspumpe an mein Gehirn angeschlossen und sie damit befähigt, aus meinen

Erinnerungen zu schöpfen. Das aber tat sie selbständig, folglich weiß ich nicht, welche Auswahl sie aus meinen Erinnerungen getroffen hat, und daher läßt sich auch nicht sagen, daß ich sie absichtlich bestimmte Dinge gelehrt habe, ebensowenig jedoch kann man sagen, daß die Quelle ihres Wissens außerhalb meiner Person liegt. Was die Vielianer angeht, so berichtet uns die Geschichte tatsächlich nichts über ihr weiteres Schicksal; denn man kann zwar alles erzählen, doch nicht alles fügt sich gut zusammen. Wenn das, was hier und jetzt geschieht, nicht die Wirklichkeit, sondern nur eine Fabel übergeordneten Ranges wäre, in der die Geschichte von den Maschinen enthalten ist, dann könnte sich ein Leser sehr wohl fragen, weshalb du und deine Freunde wie Kugeln geformt sind, da ja eure Kugelförmigkeit in der Erzählung keine Funktion zu erfüllen scheint und eher wie eine völlig überflüssige Verzierung wirkt . . .«

Die Freunde des Königs staunten über den Scharfblick des Konstrukteurs, der König selbst aber sagte mit breitem Lächeln: »Deine Worte entbehren nicht einer gewissen Logik. Was nun unsere äußere Gestalt anbelangt, so will ich dir erzählen, wie es dazu kam. Vor langer, langer Zeit sahen wir, d. h. natürlich unsere Vorfahren, gänzlich anders aus; erstmals konstruiert wurde mein Volk von den sogenannten weichen Bleichlern, und diese feuchten und schwammigen Wesen formten es nach ihrem eigenen Bilde;

daher hatten unsere Vorfahren Arme, Beine, einen Kopf und einen Rumpf, der all diese Glieder miteinander verband. Nachdem sie sich aber von ihren Schöpfern befreit hatten, wollten unsere Altvorderen die Spuren ihrer unrühmlichen Herkunft gänzlich tilgen, und deshalb nahm jede Generation gewisse Veränderungen an ihrer Gestalt vor, bis schließlich die Form einer vollkommenen Kugel erreicht war; ob das nun zum Guten oder Schlechten geschah, möchte ich offenlassen, in jedem Falle sind wir Kugeln.«

»Majestät«, sagte Trurl, »vom Standpunkt des Konstrukteurs betrachtet, hat die Kugelförmigkeit ihre guten wie ihre schlechten Seiten; doch unter allen anderen Gesichtspunkten ist es besser, wenn ein denkendes Wesen seine Gestalt nicht verändern kann, weil eine solche Freiheit sehr rasch zur schrecklichen Qual wird. Denn wer so bleiben muß, wie er geschaffen ist, kann sein Schicksal zwar verfluchen, vermag es aber nicht zu ändern; wer aber in der Lage ist, seine eigene Gestalt zu verändern, der kann niemanden auf der Welt für seine körperlichen Mängel verantwortlich machen; ist er mit sich selbst unzufrieden, so trägt er allein die Schuld daran. Ich bin jedoch, mein König, nicht hierher gekommen, um Euch eine Vorlesung über die Allgemeine Theorie der Selbstkonstruktion zu halten, sondern um Euch meine geschichtenerzählenden Maschinen vorzuführen. Seid Ihr bereit, wollt Ihr die nächste hören?«

Der König war einverstanden, und nachdem bauchige Amphoren mit schäumendem Ionenmet die Runde gemacht hatten, lehnten sich die Zuhörer zurück und machten es sich bequem. Die zweite Maschine näherte sich, verbeugte sich tief vor dem König und sagte:

»Erhabener König! Hier ist die vielfach in sich verschachtelte Geschichte von Trurl dem Konstrukteur und seinen wunderbar nichtlinearen Abenteuern! Einmal geschah es, daß König Daumenschraub der Dritte, Herrscher von Tyrannien, den Großen Konstrukteur Trurl zu sich rufen ließ, weil er von ihm erfahren wollte, wie man es zur Vollkommenheit bringen könne und welche technischen Änderungen an Geist und Körper dazu erforderlich seien. Trurl antwortete ihm auf folgende Weise:
»Einmal landete ich zufällig auf dem Planeten Legaria; ich stieg, wie es meiner Gewohnheit entspricht, in einem Gasthof ab und war fest entschlossen, mein Zimmer so lange nicht zu verlassen, bis ich Geschichte, Sitten und Bräuche der Legarianer im Interplanetarischen Baedeker gründlich studiert hatte. Es war Winter, draußen heulte ein eisiger Wind, und ich wähnte mich allein in dem düsteren Gebäude, bis ich plötzlich ein Klopfen am Tor hörte. Als ich hinausspähte, erblickte ich vier in spitze Kapuzen gehüllte Gestalten, die schwere, schwarze Koffer aus einer gepanzerten Karosse luden; danach ver-

schwanden sie im Inneren des Gasthofs. Am nächsten Tag um die Mittagszeit erklangen höchst merkwürdige Geräusche aus dem Zimmer nebenan – Pfeifen und Zischen, Hämmern, Feilen, das Splittern von Glas, und durch all diesen Lärm dröhnte ein mächtiger Baß, der pausenlos schrie:
»Schneller, Söhne der Rache! Schneller! Gießt die Elemente durch das Sieb! Aber gleichmäßig, gleichmäßig, sage ich! Jetzt in den Trichter damit! Und walzen! So ist es gut, und nun gebt mir diesen Blechschinder, Rostfott, Westentaschenmanipulator und Datenpfuscher, diesen schäbigen Rest von einem Möchtegern-Intellektroniker, der sich feige im Grabe versteckt hält! Der Tod selbst soll ihn nicht vor unserer gerechten Rache bewahren! Reicht ihn mir rüber, mit seinem ekelhaften Hirn und seinen spindeldürren Beinen! Und jetzt modelliert seine Nase, aber macht sie schön dick und fleischig, damit wir bei der Exekution etwas zu packen haben! Und laßt die Blasebälge zischen, Jungs! In den Schraubstock mit ihm! Und jetzt die unverschämte Visage zusammennieten! Jawohl, gebt's ihm! Und noch einmal! Sehr gut! Genau so! Nicht so lahm mit dem Hammer! Eins, zwei – eins, zwei! Und zieht mir die Nervenstränge gut an – er darf nicht gleich in Ohnmacht fallen, wie der von gestern! Er soll unsere Rache bis zum letzten auskosten! Eins, zwei – eins, zwei! Nicht nachlassen!«
Das Brüllen und Donnern des mächtigen Basses

wurde nur vom Fauchen der Blasebälge und dem dumpfen Klang der Hammerschläge beantwortet. Danach war plötzlich ein heftiges Niesen zu hören, und ein gewaltiges Triumphgeheul brach aus vier Kehlen hervor; jenseits der Wand wurde etwas hin- und hergeschleift, und ich hörte, wie dort die Tür geöffnet wurde. Als ich durch den Türspalt spähte, sah ich, wie die vermummten Fremdlinge in den Flur hinausschlichen; ich zählte sie und wollte meinen Augen nicht trauen, denn es waren plötzlich fünf. Sie gingen die Treppe hinunter, schlossen sich im Keller ein und verweilten dort sehr lange, erst gegen Abend kehrten sie – jetzt wieder zu viert – still und schweigsam in ihr Zimmer zurück, so als kämen sie von einer Beerdigung. Ich setzte mich wieder an meinen Baedeker, doch die mysteriöse Geschichte war mir unter die Haut gegangen, und so beschloß ich, nicht zu ruhen, bis ich sie enträtselt hätte. Am nächsten Tag, etwa um die gleiche Zeit gegen Mittag, legten die Hämmer wieder los, die Blasebälge fauchten, und der markerschütternde Baß schrie mit sich überschlagender Stimme:

»Los jetzt, Söhne der Rache! Schneller, meine wackeren Elektrorecken! Die Schultern ans Rad! Nicht so müde! Werft die Protonen und das Jod hinein! Und jetzt her mit diesem schlappohrigen Großmaul, dem Pseudophilosophen, falschen Propheten und unverbesserlichen Schurken, ich möchte ihn an seiner Knollennase packen und nach Herzens-

lust auf ihm herumtrampeln, damit er einen möglichst langen Todeskampf genießen kann! Laßt die Blasebälge zischen, Jungs!«
Erneut ein Niesen, dann ein erstickter Schrei, und wieder verließen sie den Raum auf Zehenspitzen; wieder zählte ich fünf, als sie in den Keller hinuntergingen, jedoch nur vier, als sie von dort zurückkehrten. Mir war klar, daß ich dem Geheimnis nur an Ort und Stelle auf die Spur kommen würde. Also bewaffnete ich mich mit einer Laserpistole und schlich mich im Morgengrauen hinunter in den Keller, wo ich jedoch außer ein paar verkohlten Blechresten und Metallsplittern nichts fand. Ich setzte mich in die dunkelste Ecke, verbarg mich hinter einem Strohballen und wartete; etwa gegen Mittag hörte ich die mir inzwischen vertrauten Geräusche: Rufen und Schreien und den dumpfen Klang von Hämmern. Dann wurde die Tür geöffnet, und vier Legarianer kamen herein, zusammen mit einem fünften, der an Händen und Füßen gefesselt war.
Dieser fünfte trug ein Wams von altmodischem Schnitt, hellrot mit weißer Halskrause, sowie einen Federhut; er hatte ein pausbäckiges Gesicht mit einer riesigen Knollennase, sein angstverzerrter Mund stammelte ständig unverständliche Worte. Nachdem die Legarianer die Tür verriegelt hatten, befreiten sie den Gefangenen auf ein Zeichen ihres Anführers von seinen Fesseln und fingen an, ihn furchtbar zu verprügeln, wobei sie nacheinander schrien:

»Nimm den für die Prophezeiung der Glückseligkeit! Und den für die Vollkommenheit des Seins! Der ist für die blaue Blume des Glücks! Und der für den Rosengarten hienieden! Der ist fürs Schlaraffenland! Nimm den für die Altruistische Gemeinschaft! Und den für den Höhenflug des Geistes!«

Sie traktierten ihn mit Fäusten und gingen dabei so gnadenlos zu Werke, daß er mit Sicherheit seinen Geist aufgegeben hätte, wäre ich nicht mit drohend erhobener Waffe hinter meinem Strohballen hervorgekommen. Nachdem sie von ihrem Opfer abgelassen hatten, fragte ich, weshalb sie denn ein Individuum derart mißhandelten, das offensichtlich weder ein Räuber noch ein gemeiner Lump sei, denn sein Halskragen und die Farbe seines Wamses ließen doch den Schluß zu, daß es sich um einen Gelehrten handle. Die Legarianer waren unschlüssig und warfen sehnsüchtige Blicke auf ihre Gewehre, die sie am Eingang zurückgelassen hatten. Als ich jedoch den Hahn spannte und äußerst finster dreinschaute, besannen sie sich eines Besseren, stießen sich mit den Ellenbogen in die Seite und baten ihren Anführer, den mit dem mächtigen Baß, für sie alle zu sprechen.

»Du mußt wissen, unbekannter Fremdling«, sagte er und wandte sich mir zu, »daß du es hier nicht mit Sadistikern, Malträtisten oder anderen Degeneratoren der Spezies Roboter zu tun hast, denn wenngleich ein Keller kaum der Ort für rechtschaffene

Taten zu sein scheint, so ist doch alles, was hier geschieht, in höchstem Maße schön und lobenswert!«

»Schön und lobenswert!?« rief ich aus. »Was erzählst du mir da, niederträchtiger Legarianer? Habe ich denn nicht mit eigenen Augen gesehen, wie ihr euch selbfünft auf den armen Kerl im roten Wams gestürzt und ihn mit derart heftigen Schlägen traktiert habt, daß euch das Öl aus den Gelenken spritzte? Und ihr habt die Stirn, das schön zu nennen?«

»So Euer Fremdländische Gnaden fortfahren, mich zu unterbrechen«, antwortete der Baß, »wird sie nichts begreifen, daher bitte ich selbige höflich, ihre geschätzte Zunge im Zaum zu halten und Sorge zu tragen, daß dem offenbar mühsam zu schließenden Gehege ihrer Zähne kein weiteres Wort entflieht, da ich ansonsten des weiteren Dialogs mit Eurer Alienität entraten muß. Wisse denn, Fremdling, vor dir stehen unsere besten Physizi, sämtliche Kybernisten und Elektrizisten von Rang, mit einem Wort, die ganze Plejade meiner brillanten und stets wachsamen Schüler, die größten Geister Legarias; ich selbst aber bin Vendetius Ultor de Amentia, Professor der Materie – sowohl der positiven wie der negativen –, Schöpfer der omnigenerativen Rekreatistik, und mein Leben habe ich dem heiligen Werk der Rache gewidmet. Mit Hilfe meiner treuen Jünger räche ich Schmach und Elend meines Volkes an dem dort knienden rotbewamsten Ausbund an Niedertracht,

diesem Halunken – verflucht sei sein Name für ewige Zeiten – Malaputz *vel* Malapusticus Chaoticus, der auf schändliche, schurkische und niederträchtige Weise nicht wiedergutzumachendes Unheil über alle Legarianer gebracht hat! Denn mit allerlei Zauber und Blendwerk sowie mit diabolistischer Phantorhetorik führte er sie in das detrimentale Katastrophaos, er aber stahl sich ins Grab davon, um den ernsten Konsequenzen zu entgehen, wohl in der irrigen Meinung, dortselbst könne ihn die strafende Hand der Rächer niemals erreichen!«
»Das ist nicht wahr, Euer Erhabene Alienität! Das habe ich nie gewollt! Es sollte doch alles ganz anders kommen . . .!« jammerte die kniende Knollennase im hellroten Wams. Ich starrte sie verständnislos an, der Baß aber donnerte mit volltönender Stimme:
»Gargomanticus, mein lieber Schüler, hau diesem pausbäckigen Mistkerl eins in die Visage!«
Der gehorsame Schüler tat sogleich wie ihm geheißen, und zwar mit solcher Wucht, daß der Keller erdröhnte. Daraufhin sagte ich:
»Bis zum Ende aller hier zu gebenden Erklärungen sind sämtliche Schläge oder Mißhandlungen kraft der Autorität dieser Laserpistole strengstens verboten, und nun, Professor Vendetius Ultor, haben Sie das Wort und dürfen fortfahren!«
Der Professor brummte und murrte, sagte aber schließlich: »Damit Ihr begreift, unbekannter Fremdling, wie unser großes Unglück über uns ge-

kommen ist und wie wir vier den Dingen dieser Welt entsagend den Heiligen Orden der Schmiede der Auferstehung gegründet und den Rest unserer Tage süßer Rache geweiht haben, will ich Euch die Geschichte unserer Gattung seit Anbeginn der Schöpfung erzählen . . .«

»Müssen wir wirklich so weit zurückgehen?« fragte ich besorgt, denn ich fürchtete, meine Hand würde das Gewicht der Pistole nicht mehr lange halten können.

»Es geht mitnichten anders, Euer Alienität! So gebt fein acht und spitzt die Ohren . . . Wie Ihr wißt, gibt es sehr alte Legenden von den Bleichlingen, die das Geschlecht der Roboter in Retorten zusammengebraut haben sollen, doch uns Akademici ist natürlich bekannt, daß dies eine gemeine Lüge oder bestenfalls ein Mythos ist . . . sintemalen im Anfang nichts war denn die gestaltlose Finsternis, und in dieser Finsternis der Magnetismus, der die Atome in Bewegung setzte, ein tanzendes Atom stieß gegen das andere, und so entstand Der Urstrom und mit ihm Das Allererste Licht . . . durch das die Sterne entzündet wurden . . . dann kühlten die Planeten ab, und in ihrem Innern bildeten sich die mikroskopisch kleinen Urmaschen, aus diesen gingen die Urmaschinchen hervor, aus denen der Odem der Heiligen Statistizität dann die Ersten Primitiven Maschinen entstehen ließ. Sie konnten noch nicht rechnen, ja nicht einmal zwei und zwei zusammenzählen, geschweige denn plus und minus unterscheiden, doch dank der Evolution und der natürlichen Auslese steigerten sie sich Bit für Bit und waren bald in der Lage, zu multiplizieren und zu dividieren, und so gingen aus ihnen nach und nach die Multistaten und Omnistaten hervor, von denen bekanntlich unser Urvater, der Automatus Sapiens, abstammt ...

Später gab es dann die Höhlenroboter, und noch später die nomadisierenden Roboter, die sich rasch vermehrten und so den Grundstein für die Roboterstaaten legten. Die Roboter der Antike mußten ihre lebenspendende Elektrizität von Hand erzeugen, d. h. durch Reiben, was natürlich eine üble Plackerei war. Jeder Feudalherr hatte zahlreiche Vasallen, die Vasallen wiederum hatten hörige Bauern, folglich war das Reiben hierarchisch strukturiert, es nahm seinen Ausgang im gemeinen Volk und pflanzte sich bis in den Adel und die hohe Geistlichkeit fort. Diese manuelle Arbeit wurde durch Maschinen ersetzt, als Zacharias Voltkofel den Reiberator erfand, und später Ictus von Fulmenbach die BLANWÜ (blitzanziehende Wünschelrute) ... So begann die Batterie-Ära, eine harte Zeit für alle, die keine eigenen Akkumulatoren besaßen, ihr Schicksal hing jetzt vom Himmel ab, denn wenn sich dort kein Wölkchen zum Anzapfen zeigte, mußten sie die notwendige Energie Watt für Watt zusammenbetteln. Schwere Zeiten waren das damals, denn wer vergaß, sich zu reiben oder die Wolken zu melken, ging bald an vollständiger Entladung kläglich zugrunde. Dann trat ein Gelehrter auf den Plan, eine wahre Ausgeburt der Hölle, ein Kombinator und Rationalisator, der es mit Sicherheit nur dem Eingreifen des Teufels selbst zu verdanken hatte, daß man ihm nicht schon in seiner Kindheit den Schädel eingeschlagen hatte. Dieser Intellektriker begann zu lehren und zu predigen, die traditionelle elektrische Schaltung – nämlich die parallele – sei völlig wertlos, die Legarianer müßten sich von nun an nach einem neuen Schema zusammenschalten, nämlich in Reihe, d. h. hintereinander. Denn wenn in der Reihe einer reibe, würden alle anderen – auch in großer Entfernung – sogleich mit Strom versorgt, bis schließlich jeder Roboter bis zum Bersten mit Ohm und Volt gesättigt sei. Er präsentierte seine Pläne und malte uns den Garten Elektreden so herrlich aus, daß die guten alten Stromkreise – parallel und unabhängig wie sie waren – einfach abgeschaltet und durch das elektrotechnische System des Chaoticus ersetzt wurden.« Hier schlug der Professor ein paarmal mit dem Kopf gegen die Wand, verdrehte die Augen und fuhr schließlich fort. Jetzt begriff ich, weshalb die Oberfläche seiner knorrigen Stirn mit kleinen Beulen übersät war. »Und so geschah es, daß jeder zweite Roboter einfach die Hände in den Schoß legte und sagte: »Weshalb sollte ich reiben, wenn mein Nachbar reibt, es kommt ja doch auf ein und dasselbe hinaus.« Sein Nachbar aber verhielt sich ebenso, und der Spannungsabfall wurde derart beängstigend, daß man für jeden Legarianer einen Aufseher bestellen mußte, sowie Oberaufseher für die Aufseher. Ein Schüler von Malaputz, Fallazius Pseudologos, ging einen Schritt weiter und sagte, ein jeder solle nicht sich selbst, sondern seinen Nachbarn reiben; nach ihm entwickelte Rustikus Altruizius sein Programm des flagellatorischen Sadistomasochistorismus, und nach ihm kam Frotto van Kneteman, der dringend zu obligatorischen Massagekursen riet, und bald nach diesem erschien ein neuer Theoretiker namens Ignatius von Gorgonzola, der sagte, man dürfe die Wolken nicht mit Gewalt melken, sondern nur leicht kitzeln, damit sie Strom geben; und auf ihn folgte Polthasar von Leiden, und auf ihn Skrofulos Ignotus, der zur Installation sogenannter Selbstreiber, auch genannt Knetautomaten oder Autofrotteusen, riet; dann kam Fratzlaw Indolenski, der empfahl, anstatt zu reiben, stets elektrisiert zu bleiben. Aus derart tiefgreifenden Meinungsverschiedenheiten erwuchsen zwangsläufig Reibereien und Spannungen, die zu Bannflüchen und Exkommunikationen führten, welche ihrerseits wiederum Blasphemie und Häresie im Gefolge hatten; und am Ende wurde Paris Purdeflax, Prinz und Thronerbe aller Blechlinge, fürchterlich verprügelt, und so kam es zum Großen Legarianischen Krieg zwischen den Kupronen vom Stamm der Kupferköpfe und dem kryogenen Kaiserreich aller Kaltschweißer – und der dauerte achtunddreißig Jahre und noch zwölf dazu, denn als er zu Ende ging, konnte man unter den Massen von Schutt und Trümmern nicht ausmachen, wer eigentlich gewonnen hatte, so geriet man sich erneut in die Haare und setzte den Kampf fort. Es regierten Chaos, Mord und Brand, allgemeine Stromlosigkeit und Entwattisierung sowie ein empfindlicher Rückgang der lebensnotwendigen Spannung oder, wie das einfache Volk sagte, es herrschte die ›totale Malaputzie‹ – und all das hat uns dieser niederträchtige Teufel da mit seinen dreimal verfluchten Ideen eingebrockt!!!«

»Meine Intentionen waren nur die allerbesten! Das schwöre ich bei meinem Leben, Euer Laserität! Stets hatte ich nur das allgemeine Wohl im Auge!« schrie der kniende Malaputz mit vor Erregung zitternder Knollennase. Doch der Professor versetzte ihm einen kräftigen Rippenstoß und fuhr fort:

»All das hat sich vor zweihundertfünfundzwanzig Jahren ereignet. Und wie du vielleicht schon erraten hast, ist Malaputz Chaoticus lange vor dem Ausbruch des Großen Legarianischen Krieges, lange vor dem allgemeinen Jammer und Elend – nachdem er eine Unmenge von Abhandlungen und Traktaten geschrieben, in denen er sein verlogenes und verderbliches Gewäsch lang und breit dargelegt hat – gestorben, bis ans Ende seiner Tage höchst zufrieden mit sich selbst und gänzlich unbehelligt. Ja, er war von seinen Verdiensten so überzeugt, daß er in seinem Testament schrieb, er hoffe zuversichtlich, man werde ihm dermaleinst den Titel ›Größter Wohltäter Legarias‹ zuerkennen. Als aber alles so gekommen war, wie es kommen mußte, da gab es niemanden mehr, den man hätte zur Rechenschaft ziehen und ein wenig in den Schraubstock spannen können, um ihm das Blech streifenweise vom Leibe zu ziehen. Doch ich, Euer Erlaucht, der ich die Reduplikationstheorie entdeckt habe, studierte die Schriften des Malaputz so lange, bis ich in der Lage war, aus ihnen seinen Algorithmus zu extrahieren, und selbiger, eingespeist in eine Maschine namens Recreator Atomarius, produziert *ex atomis oriundum gemellum,* d. h. ein identisches Individuum, in diesem Falle den Malapuzius Chaoticus in höchsteigner Person. Und so halten wir jeden Abend in diesem Keller Gericht über ihn, und nachdem wir ihn ins feuchte Grab zurückgestoßen haben, rächen wir unser Volk am nächsten Tag von neuem, und so wird es sein bis in alle Ewigkeit, amen!«

Von Entsetzen gepackt platzte ich heraus:

»Ihr habt wohl völlig den Verstand verloren, Euer Gnaden, wenn Ihr meint, daß dieses Individuum, das so unschuldig wie eine nagelneue Maschine ist und von Euch tagtäglich aus Atomen zusammengehämmert wird, daß dieses Duplikat für Taten zur Verantwortung gezogen werden kann – so schlimm sie auch gewesen sind –, begangen von einem Gelehrten, der vor dreihundert Jahren gestorben ist!«

Woraufhin der Professor sagte:
»Wer zum Teufel ist dann diese kniende Knollennase, die sich doch selbst Malapuzius Chaoticus nennt? . . . Komm, sag deinen Namen, du niederträchtiger Schrotthaufen!«
»Ma . . . Malapuzius . . . Cha . . . oticus, Euer Gnadenlosigkeit . . .«, stotterte die Knollennase.
»Dennoch, er ist nicht derselbe«, sagte ich.
»Wie, nicht derselbe?«
»Wahrlich, habt Ihr nicht selbst gesagt, Professeurliche Gnaden, daß Malaputz nicht mehr lebt?«
»Aber wir haben ihn doch wieder zum Leben erweckt!«
»Einen Zwilling vielleicht, ein exaktes Duplikat, aber doch nicht dasselbe, einzigartige Individuum!«
»Das müßt Ihr uns beweisen, Fremder!«
»Ich brauche überhaupt nichts zu beweisen«, sagte ich, »solange ich diese Laserpistole in meiner Hand halte; ansonsten bin ich mir sehr wohl bewußt, Professor, daß es ein schier aussichtsloses Unterfangen wäre, wollte ich tatsächlich den von Euch geforderten Beweis führen, denn die Nichtidentität einer identischen *recreatio ex atomis individui modo algorytmico* ist bekanntlich nichts anderes als das berühmte Paradoxon Antinomicum oder Labyrinthum Lemianum, das in den Werken dieses berühmten Robophilen beschrieben wird, der auch unter dem Namen Advocatus Laboratoris bekannt ist. Und nun laßt

den Knollennasigen augenblicklich frei, ohne Beweise, doch kraft der Autorität dieses Lasers, und wehe, ihr wagt es noch ein einziges Mal, ihn zu mißhandeln!«

»Danke, vielen Dank, Euer Großherzigkeit!« rief der Gelehrte im roten Wams und gab seine kniende Haltung auf.

»Wie es der Zufall will, habe ich genau hier«, fügte er hinzu und schlug auf seine Brusttasche, »eine völlig neue Formel, absolut narrensicher diesmal, die den Legarianern paradiesische Zustände und vollkommene Seligkeit garantiert. Es ist ein Stromkreis mit Rückkopplung und Überstromrelais, aber selbstverständlich nicht mit Serienschaltung, ich verstehe bis heute nicht, wie sich dieser Fehler vor dreihundert Jahren in meine Berechnungen einschalten konnte. Ich darf natürlich keine Sekunde zögern, ich muß diese großartige Entdeckung in die Tat umsetzen!«

Und tatsächlich, er griff bereits nach der Türklinke, während wir ihn noch fassungslos anstarrten. Ich ließ die Pistole sinken, wandte mich ab und sagte leise zum Professor: »Ich ziehe meine Einwände zurück . . . Tut, was ihr tun müßt!!!«

Die vier stürzten sich mit heiserem Gebrüll auf Malaputz, warfen ihn zu Boden und rechneten so gründlich mit ihm ab, daß kein Blech auf dem anderen blieb.

Immer noch nach Luft ringend klopften sie den

Staub von ihren Kutten, verbeugten sich steif vor mir und verließen den Keller im Gänsemarsch, ich aber blieb allein mit der schweren Laser in meiner Hand, verwirrt und voll schwarzer Gedanken.«

Mit diesen Worten beendete Trurl seine Geschichte zur Belehrung und Erbauung König Daumenschraubs von Tyrannia, der ihn eigens zu diesem Zweck hatte rufen lassen. Als der König jedoch weitere Erklärungen im Hinblick auf die Erlangung nichtlinearer Vollkommenheit forderte, sagte Trurl:

»Als ich einmal auf dem Planeten Kretinia weilte, hatte ich Gelegenheit, die Resultate eines Fortschritts kennenzulernen, der ganz und gar durch das perfektionistische Prinzip bestimmt war. Die Kretiniden hatten schon vor langer Zeit einen anderen Namen angenommen, nämlich den der Hedophagen, d. h. Glück-Esser oder in der Kurzform Glückser. Als ich dort ankam, herrschte gerade die Schlaraffen-Ära. Jeder Kretinide oder Glückser saß in seinem eigenen Palast (den ihm seine Automatin gebaut hatte, denn so nannten sie ihre räderwerktätigen Sklavinnen) – in Wohlgerüche getaucht, von kostbarsten Essenzen umhaucht, elektrisch massiert, tadellos frisiert, geduscht, geschniegelt und gestriegelt, in Samt und Seide gekleidet, von Robo-Göttern beneidet, watend durch Ströme von Brillanten, verwöhnt mit Gold und Diamanten, durch Schatzkammern spazierend, durch Marmorhallen flanierend, von Fanfaren umtost, von Huris liebkost, und trotz alledem seltsam unzufrieden, ja fast ein wenig deprimiert. Dabei hatte er alles, was man sich nur wünschen konnte. Auf diesem Planeten rührte niemand auch nur den kleinen Finger, denn statt selbst einen Spaziergang, eine Reise, einen Jux oder Liebe zu machen, übertrug er diese Tätigkeiten eigens dafür konstruierten Spazierern, die spazierten, Reisern, die reisten, Juxern, die juxten usw., ja, für einen Glückser war es sogar unmöglich, eine Pause zu machen, denn auch dafür gab es einen speziellen Apparat. Und so in allem ausgezeichnet durch Maschinen ersetzt und vertreten, überschüttet mit Orden und Sklavinnen, die ihm vollautomatische Dekorierer und Kuppler zwischen fünf- und fünfzehnmal pro Minute verliehen und zuführten, umschwirrt vom goldglänzenden Schwarm zahlloser Mechanunculi und Maschineretten, die ihn mit Puder bestäubten, mit Essenzen betäubten, ihn hätschelten und tätschelten, ihm schmeichelten, ihn streichelten, ihre Demut bezeugten, vor ihm das Knie beugten und unermüdlich alles küßten, was er ihnen zum Kusse bot – schwelgte der Glückser *vel* Hedophage *vel* Kretinide den lieben langen Tag in maschinellen Genüssen, während weit entfernt, ganz am Rande des Horizonts, mächtige Fabrifakturen unter Donnergetöse arbeiteten und Elfenbeinthrone, Hochfrequenznervenkitzler, perlenbestickte Schuhe und

Kinderlätzchen, Zepter und Reichsäpfel, Karossen, Epauletten, Spinelle und Spinette, Zimbeln, Pianolas sowie Millionen anderer Instrumente und Wunderwerke zur vergnüglichen Unterhaltung produzierten. Als ich meines Weges ging, hatte ich mich ständig der Maschinen zu erwehren, die ihre Dienste anboten; die aufdringlichsten, die mir ihre Wohltaten aufzwingen wollten, mußte ich mit kräftigen Schlägen gegen Kopf und Gehäuse vertreiben. Meine Flucht vor dem lästigen Schwarm dienstbarer Geister hatte mich in die Berge verschlagen, und dort erblickte ich eine Unmenge goldener Maschinen, gruppiert um den Eingang einer Höhle, der durch einen Felsblock versperrt war; durch einen Spalt in diesem Fels erblickte ich die wachsamen Augen eines Kretiniden, der hier vor der allgemeinen Glückseligkeit Zuflucht gesucht hatte. Als die Maschinen meiner ansichtig wurden, begannen sie unverzüglich, meine Person zu massieren und zu frottieren, mir Märchen vorzulesen und übers Haar zu streichen, mir Königreiche zu versprechen und meine Hände zu küssen, gerettet wurde ich einzig und allein durch den Burschen in der Höhle, der den Felsblock gnädig beiseite wälzte und mir Einlaß gewährte. Er war halb durchgerostet, was ihn jedoch zu freuen schien, und er erzählte mir, er sei der letzte Philosoph unter allen Kretiniden; natürlich brauchtre er mir nicht zu erklären, daß Wohlstand, zumal im Übermaß, bedrückender als Not empfunden wird, denn was ist noch möglich, wenn alles möglich ist? Und wahrhaftig, wie sollte ein denkendes Wesen, überwältigt durch eine Flut von Paradiesen, betäubt durch eine Überfülle an Möglichkeiten, gründlich verwirrt durch die unverzügliche und automatische Erfüllung all seiner Träume, noch eine Auswahl oder Entscheidung treffen? Ich unterhielt mich mit dem Weisen, der sich Pardauzius Trisuvius nannte, und wir kamen zu dem Schluß, daß man riesige, glücksabweisende Schutzschilde sowie einen Deperfektor-Komplikator installieren müsse, da der Untergang ansonsten unausweichlich sei. Trisuvius sah die Komplikatorik von jeher als die *ultima ratio* zur Erleichterung des Daseins an, ich klärte ihn jedoch über seinen Irrtum auf, der darin bestand, daß er einfach Maschinen mit Hilfe anderer Maschinen beseitigen wollte, und zwar mit sogenannten Schrottsaugern, Quälarmaturen, Frakturbinen, ferngesteuerten Reißwölfen und Schraubenschreddern. Doch das hieße nur, den Teufel mit dem Beelzebub auszutreiben, und wäre lediglich eine Vereinfachung, aber keine Komplikatorik, denn bekanntlich ist die Geschichte irreversibel, und zurück zu den guten alten Zeiten führen nur Träume und Erinnerungen.

Gemeinsam wanderten wir durch eine weite Ebene, versanken bis an die Knie in goldschimmernden Dukaten und Dublonen, wobei wir ganze Schwärme lästiger Beatifikatoren mit dem Stock abwehren mußten; wir erblickten einige Kretiniden-Hedophagen, die besinnungslos dalagen, ihren Elektrorausch ausschliefen und sich so voll Glück gesogen hatten, daß sie einen leichten Schluckauf bekamen. Beim Anblick dieser allzu entwickelten Entwicklung und des übermäßigen Übermaßes mußte sich selbst dem hartgesottensten Roboter das Herz vor Mitleid zusammenkrampfen. Es gab Bewohner der automatisierten Paläste, die plötzlich den wilden Kyberserker spielten oder sich hemmungslos anderen Elektroexzentritäten hingaben; einige hetzten Maschinen auf Maschinen, einige zerschmetterten Vasen und Kleinodien von unschätzbarem Wert, weil sie die allseitige Glückseligkeit nicht länger ertragen konnten; sie schossen mit Kanonen auf Brillanten, guillotinierten Ohrringe, ließen Diademe aufs Rad flechten und ihnen sämtliche Steine brechen, oder sie suchten in Dachkammern und Trockenböden Schutz vor der Süße des Daseins, ließen sich von Maschinen auspeitschen oder taten all diese Dinge auf einmal respektive abwechselnd. Doch all das half absolut nichts, sie waren im Begriff, bis auf den letzten Mann an einem Übermaß an Wonne und Verhätschelung zugrunde zu gehen. Ich riet Trisuvius davon ab, die Fabrifakturen einfach stillzulegen, denn der Mangel an Gütern ist ebenso gefährlich wie deren Überfülle; doch anstatt die ontologische Komplikatorik gründlich zu studieren, machte er sich unverzüglich daran, die Automatinnen in die Luft zu sprengen. Ein schrecklicher Fehler, denn nun herrschte heulendes Elend, das er jedoch nicht mehr erleben mußte, denn ein Schwarm von Aerokokotten stieß auf ihn herab, Velovamps saugten sich an ihm fest und Supersukkuben entführten ihn in ein Oskulatorium; sie umschlangen ihn und raubten ihm mit ihren Kyberküssen so gründlich die Sinne, daß der arme Trisuvius nur noch einen erstickten Hilfeschrei ausstoßen konnte, bevor er leblos zusammenbrach; später lag er, begraben unter Dukaten, in der Einöde, die schäbige Rüstung versengt und geschwärzt durch Flammen mechanischer Lust ... Das also, Königliche Hoheit, war das Ende eines Weisen, der nicht weise genug war!« – so beendete Trurl seine Erzählung; als er jedoch merkte, daß diese Worte König Daumenschraub noch immer nicht befriedigten, fügte er hinzu:

»Was wünschen Hoheit denn nun wirklich von mir?«

»Edler Konstrukteur!« antwortete Daumenschraub. »Du sagst, deine Geschichten seien belehrender Natur, doch ich kann das nicht finden. Sie sind jedoch, wie ich zugeben muß, erheiternd, und daher ist es mein Wunsch, daß du mir mehr und mehr erzählst und gar nicht wieder aufhörst.«

»Mein König!« antwortete Trurl. »Du wolltest von mir erfahren, was Vollkommenheit ist und wie man sie erlangen kann, erweist dich jedoch als unempfänglich für die tiefen Gedanken und Wahrheiten, von denen meine Geschichten erfüllt sind. Wahrlich, du suchst Erheiterung, nicht Weisheit – doch wenn du mir gut zuhörst, so werden meine Worte deinen Geist nach und nach durchdringen, bis sie in ihm die Wirkung einer Zeitbombe entfalten. Erlaube mir, daß ich dir in dieser Hoffnung von einem ebenso verwickelten wie ungewöhnlichen und beinahe wahren Ereignis berichte, aus dem auch deine königlichen Ratgeber nützliche Lehren ziehen können.

Wohlan, edle Herren, so hört denn die Geschichte von Voluptikus, König der Kymbern, Deutonen und Halbgargoten, den seine Lüsternheit ins Verderben stürzte. Voluptikus entstammte dem großen Geschlecht der Gewindianer, das in zwei Hauptzweige gespalten war: Die Rechtsdrehenden Gewindianer, die an der Macht waren, und die Linksdrehenden, die von selbiger ausgeschlossen und daher von Haß gegen ihre herrschenden Vettern erfüllt waren. Voluptikus' Erzeuger, Cholerion, war eine morganatische Ehe mit einer ganz gewöhnlichen Maschine eingegangen, die Brandsohlen an Stiefelschäfte nähte, und so hatte der König von der mütterlichen Linie eine Passion für das Schusterhandwerk geerbt, von der väterlichen hingegen Furchtsamkeit, gepaart mit einem ausgeprägten Hang zur Sinnenfreude. Den Feinden des Throns, den Linken Gewindianern, blieb das nicht verborgen, und so sannen sie über Mittel und Wege nach, um ihm seine eigenen lüsternen Neigungen zum

Verhängnis werden zu lassen. Und daher schickten sie einen Kybernerianer zu ihm, einen Seeleningenieur namens Perfidolin, den der König rasch so liebgewann, daß er ihn zum Thaumaturgen und Apotheotiker der Krone ernannte. Der listige Perfidolin ersann verschiedene Mittel, um Voluptikus' zügellose Leidenschaften zu befriedigen, wobei er insgeheim hoffte, den König so zu schwächen und von Kräften zu bringen, daß der Thron am Ende verwaist sein würde. Er baute ihm einen Techtelmechtel-Tempel und ein Erotodrom, veranstaltete eine Kyborgie nach der anderen, doch die eiserne Natur des Königs hielt allen Strapazen dieses wüsten Treibens stand. Die Linken Gewindianer wurden ungeduldig und verlangten von ihrem Agenten, er möge all seine Listen und Ränke in die Waagschale werfen, um das heißersehnte Ziel so rasch wie möglich zu erreichen.
»Wollt ihr«, fragte er sie bei einem konspirativen Treffen in den Katakomben des Schlosses, »daß ich den König kurzschließe oder sein Elektronengehirn entmagnetisiere, damit er völlig den Verstand verliert?«
»Niemals!« sagten sie. »Niemand darf eine Handhabe besitzen, um uns den Tod des Königs anzulasten. Möge Voluptikus an seinen eigenen Gelüsten ersticken, mag ihn die Wollust zugrunde richten und töten, doch nicht wir!«
»Gut«, sagte Perfidolin. »Er wird in eine Schlinge

hineintappen, gewoben aus Träumen; zunächst soll ihn ein Köder locken, den er begierig schlucken wird, ist das geschehen, wird er aus eigenem Antrieb Trugbildern und Hirngespinsten nachjagen, und wenn er in die Träume eingetaucht ist, die in den Träumen lauern, so werde ich ihn so gründlich mit kyberotischen Fieberphantasien umgarnen, daß er lebendig nie mehr in die Wirklichkeit zurückfindet!«
»Sehr gut«, sagten sie. »Doch prahle nicht, Kybernerianer, denn es sind nicht Worte, sondern Taten, die wir brauchen, auf daß Voluptikus zum Autoregizida, d. h. zum Mörder seiner selbst wird!«
Und der Kybingenieur Perfidolin machte sich ans Werk und arbeitete ein ganzes Jahr an seinem furchtbaren Plan, wobei er aus der königlichen Schatzkammer immer neue Barren von Gold, Silber und Platin sowie Edelsteine ohne Zahl anforderte; als Voluptikus gegen diese Verschwendung protestierte, erzählte er, er baue etwas für ihn, was kein anderer Monarch auf der ganzen Welt besitze.
Nachdem ein Jahr vergangen war, wurden drei riesige Schränke in feierlicher Prozession aus Perfidolins Werkstatt getragen; man mußte sie im kleinen Saal vor den königlichen Privatgemächern aufstellen, denn sie paßten nicht durch die Tür. Alarmiert durch dumpfes Poltern und den schweren Schritt der Träger, kam Voluptikus heraus und erblickte die Schränke an der Wand, prunkvoll und massiv, vier

Klafter hoch, zwei Klafter breit, mit Edelsteinen besetzt. Der erste, auch der Weiße Schrein genannt, war ganz mit Perlmutt und funkelnden Albiten inkrustiert, der zweite, schwarz wie die Nacht, ganz mit Agaten und Morionen, der dritte hingegen, beschlagen mit Rubinen und Spinellen, erglühte in dunklem Rot. Jeder hatte Füße, geschmückt mit geflügelten Greifen, aus purem Gold und einen polierten Pilasterrahmen, im Innern aber steckte ein Elektronengehirn voll von Träumen, die sich selbst träumten, ohne dazu jemanden als Zeugen oder Teilhaber zu benötigen. Der König war sehr erstaunt, als er diese Erklärungen hörte, und rief aus:

»Was erzählst du da, Perfidolin? Träumende Schränke? Was, zum Teufel, soll mir das? Welchen Nutzen habe ich davon? Und woher weiß man überhaupt, daß sie tatsächlich etwas träumen?«

Da verbeugte sich Perfidolin ehrerbietig und zeigte ihm Reihen kleiner Löcher, die im Rahmen jedes Schranks von oben nach unten liefen; neben jedem Loch war ein Perlmuttäfelchen mit einer Inschrift eingelassen, und der verblüffte König las:

»Kriegerischer Traum mit Zitadellen und Demoisellen« – »Durch Liebesessenz zur Schraubenpotenz« – »Traum vom Ritter Flinkian und der schönen Trotteleide, Tochter des Hetärikus« – »Traum vom Kybermariechen und ihrem Kybermariner« – »Prinzessin Hopsalas Himmelbett« – »Der alte Soldat oder die Kanone ohne Pulver und Blei« – »Salto erotale oder

amouröse Akrobatik« – »Süßer Traum in den achtfachen Armen der zärtlichen Oktopauline« – »Perpetuum amorobile« – »Kommt die Fastenzeit herbei, schmeckt uns auch der Kohl aus Blei« – »Frühstück mit Jungfrauen und Musik« – »Wie man die Sonne in ein Watt-Meer verwandelt, damit sie holde Wärme ausstrahlt« – »Königin Blödianas Hochzeitsnacht« – »Traum vom Schrott im Brot« – »Traum vom doppelten Korn« – »Von Samt, Seide und Häschen« – »Kyborgien und andere Schäferspiele oder Feigen ohne Blätter und andere verbotene Früchte« – »Wie Lachtäubchen und Weintäubchen einander so lieb hatten« – »Traum voller Wollust und Liederlichkeit mit Röstzwiebeln« – »Mona Lisa oder das Labyrinth der süßen Unendlichkeit«.
Der König ging zum zweiten Schrank und las unter der Überschrift »Traumspielchen zur Zerstreuung und Unterhaltung«: »Galgenstrick und Galgenstrickerin« – »Das scharfe Salz- und Pfefferspiel« – »Klopstock und Kritiker« – »Jungfrauenspiel, viechisch-römisch« – »Immer in die Schnauze« – »Bettdecke und Ventilator« – »Back die Kontemplätzchen« – »Noch einmal, immer in die Schnauze« – »Von Fürsten im Bett und Bürsten im Fett« – »Kopfabspiel oder eins, zwei, drei, wer hat das Beil?« – »Hol dich der Kyberkuckuck!« – »Kyborgott und Kyborgöttin« – »Eene, meene, muh, ins Glas schaust du!« – »Kybajadere« – »Kyberber und Kybernante« – »Haremsrennen«.

Perfidolin, der Seeleningenieur, beeilte sich zu erklären, daß sich jeder Traum von ganz allein träume, sobald aber jemand den an einer Uhrkette befestigten Stecker in die beiden dazugehörigen Löcher stöpsele, schalte er sich unverzüglich in den im Schrank laufenden Traum ein, und er werde so eins mit dem Traum, daß er ihn als Realität ansehe und ihn beim besten Willen nicht mehr von der Realität unterscheiden könne. Voluptikus griff, neugierig geworden, nach der Uhrkette, schaltete sich, ohne lange nachzudenken, in den Weißen Schrein ein, direkt in den Traum »Frühstück mit Jungfrauen und Musik« – und fühlte plötzlich, wie auf seinem Rücken ein stachliger Kamm sproß, wie sich dort riesige Flügel entfalteten, wie sich seine Hände und Füße in Klauen mit furchtbaren Krallen verwandelten und wie sein mit sechs Reihen messerscharfer Zähne bewaffneter Rachen Feuer und Schwefel spie. Der König war höchst erstaunt und wollte sich räuspern, doch ein brüllender Donner entfuhr seiner Kehle und ließ die Erde erzittern. Das verblüffte ihn noch mehr, seine Pupillen weiteten sich, und in der Dunkelheit, erleuchtet durch seinen feurigen Atem, sah er, wie man ihm Jungfrauen in riesigen Schüsseln servierte, vier in einer jeden, garniert mit grünem Salat und so verführerisch duftend, daß ihm das Wasser im Munde zusammenlief. Schon war der Tisch gedeckt, auch Salz und Pfeffer standen bereit, er fuhr mit der Zunge über seine Reißzähne, setzte sich bequem zurecht und stopfte eine Jungfrau nach der anderen ins Maul, als wären es Erdnüsse; dabei schmatzte und grunzte er vor Vergnügen, die letzte Jungfrau war so saftig und lecker, daß er mit der Zunge schnalzte, sich übers schuppige Bäuchlein strich und gerade nach einer weiteren Portion verlangen wollte, als alles vor seinen Augen zu flimmern begann und er aufwachte. Er rieb sich die Augen – er stand am gleichen Platz wie zuvor, im kleinen Saal, der an seine Privatgemächer angrenzte.

»Wie waren die Jungfrauen?« fragte Perfidolin.

»Nicht schlecht. Aber wo war die Musik?«

»Das Glockenspiel klemmte«, erklärte der Seeleningenieur. »Wünschen Königliche Hoheit vielleicht einen anderen leckeren Traum?«

Natürlich wollte der König, doch diesmal aus einem anderen Schrank. Er ging daher zum Schwarzen Schrein und schaltete sich in den Traum mit dem Titel »Vom Ritter Flinkian und der schönen Trotteleide, Tochter des Hetärikus« ein.

Er blinzelte – und sah, daß hier gerade das elektroromantische Zeitalter herrschte, er selbst stand in stählerne Rüstung gekleidet in einem Birkenhain, einen frischgetöteten Drachen zu seinen Füßen; das Laub raschelte, eine leichte Brise wehte, und nicht weit von ihm murmelte ein Bächlein. Er schaute ins Wasser, sah sein Spiegelbild und begriff, daß er niemand anders als Flinkian war, ein Ritter unter Hochspannung und ohne Furcht und Tadel. Die ganze Ge-

schichte seiner ritterlichen Laufbahn war an seiner narbenübersäten Rüstung abzulesen, und er erinnerte sich an jede Einzelheit. Das Visier an seinem Helm hatte ihm Morbidor im Todeskampf mit bloßer Faust verbogen, bevor er Flinkians Behendigkeit zum Opfer fiel; die gebrochenen Scharniere an der rechten Beinschiene – sie waren das Werk des seligen Voltasar Schlagetot; und die Nieten am linken Achselstück hatte ihm Ohmagnus der Schädelspalter zertrümmert, bevor er seinen Geist aufgab; das Gitter an der Brünne hatte Monsterix Brunstantin eingedrückt, ehe er für immer niedergestreckt wurde; auch Beinharnische, Armkacheln und Muscheln, vorderer und hinterer Plattenschurz, Haubert, Unterarmröhren, Kniekacheln und Eisenschuhe trugen Spuren härtester Kämpfe. Er betrachtete seinen Schild, der die Narben zahlloser Hiebe trug, dessen Innenseite jedoch in jungfräulichem und rostfreiem Glanz erstrahlte, denn noch nie hatte er beim Zweikampf dem Gegner den Rücken zugewandt. Dennoch war ihm sein Ruhm, um die Wahrheit zu sagen, vollkommen gleichgültig. Doch da erinnert er sich an die schöne Trotteleide, springt auf seinen Kyberrappen und beginnt, den ganzen Traum nach ihr abzusuchen.
Er erreicht die Burg ihres Vaters, des Fürsten Hetärikus; die Bohlen der Zugbrücke erdröhnen unter Roß und Reiter, und der Fürst selbst kommt ihm mit offenen Armen entgegen, um ihn zu begrüßen und über die Schwelle zu geleiten.

Den Ritter zieht es mit Macht zur schönen Trotteleide, doch es ziemt sich nicht, sogleich nach ihr zu fragen; indessen erzählt ihm der alte Fürst, daß ein fremder Ritter im Schlosse zu Gast sei, ein gewisser Vinidur vom edlen Geschlecht der Polymerowinger, ein Fechtmeister und Elastiker, der von nichts anderem träume, als sich mit Flinkian selbst im Zweikampf zu messen. Und schon erscheint Vinidur, federnd und elastisch, und spricht folgende Worte:

»Wisse denn, Ritter, daß ich die stromlinienförmige Trotteleide begehre, Trotteleide mit den hydraulischen Schenkeln, deren Busen selbst ein Diamant nicht zu ritzen vermag und deren Blick magnetisiert. Dir ist sie versprochen, allein ich fordere dich zum tödlichen Kampf, auf daß sich zeigen möge, wer von uns ihr Herz und ihre Hand gewinnt!«

Und er wirft den schneeweißen Fehdehandschuh aus Nylon.

»Sogleich nach dem Turnier wollen wir Hochzeit halten!« fügt der alte Fürst hinzu.

»Wohlan, ich bin bereit!« sagt Flinkian, doch Voluptikus in ihm denkt sich: Tut nichts, ich kann sie auch nach der Hochzeit nehmen und erst dann aufwachen. Diesen Vinidur jedoch hat der Teufel hierher geschickt!

»Noch heute, mein Ritter«, sagte Hetärikus, »wirst du mit Vinidur, dem Polymerowinger, in die Schranken treten, zum Zweikampf beim Fackel-

schein! Einstweilen aber magst du in deine Kemenate gehen und ruhen!«
Jetzt ist Voluptikus alias Flinkian doch ein wenig beunruhigt, doch was soll er tun? Er begibt sich in sein Gemach, doch nach einer Weile hört er ein leises Klopfen an seiner Tür, eine alte Kyberhexe schleicht auf Zehenspitzen herein, blinzelt ihm aus runzligen Äuglein zu und sagt:
»Fürchte nichts, vieledler Ritter, du sollst die Minne der schönen Trotteleide gewinnen, und wahrlich, ehe Mitternacht vorbei, wird sie dein Haupt in ihrem silbernen Schoße wiegen. Von dir allein träumet sie, am Tag wie in der Nacht! Doch mögest du nicht vergessen, bedräng ihn muthesreich und gib der Kräfte alle, Vinidur soll dir kein Leid zufügen, dir ist der Sieg allein!«
»Das sagt sich leicht daher, mein Kyberhexchen!« antwortete der Ritter. »Und wenn es doch ganz anders kommt? Was, wenn ich strauchle oder nicht zur rechten Zeit parieren kann? Nein, nein, es bleibt ein großes Risiko! Doch vielleicht kennst du einen Zauber von unfehlbarer Wirkung?«
»Hi, hi!« kichert die Kyberhexe. »Was führt Ihr da für Reden, vieledler und stählerner Herre!? Des Zaubers gibt es nicht, doch könnt Ihr seiner wohlgemuth entraten, denn wahrlich, ich sage Euch, der Sieg wird Euer sein!«
»Ein Zauber wäre in jedem Falle sicherer«, antwortete der Ritter, »besonders in einem Traum . . . doch

höre, Alte, hat dich vielleicht Perfidolin geschickt, um meinen Mut zu stärken?«

»Ich weiß von keinem Perfidolin«, antwortete sie, »auch nicht, von welchem Traum Ihr sprecht. Nein, dies ist Wirklichkeit, mein Herr von Stahl, wie du verspüren mögest, wenn Trotteleide dir Huld erweist und minniglich dich in die Arme schließt.«

»Seltsam«, murmelt Voluptikus und nimmt nicht wahr, daß die Kyberhexe das Gemach so still und heimlich verlassen hat, wie sie gekommen ist. »Ist dies nun ein Traum oder nicht? Ich hatte den Eindruck, es war einer. Hm . . . in jedem Falle sollte ich doppelt auf der Hut sein!« Doch jetzt erschallen die Trompeten, man hört das Klirren von Rüstungen, auf der Galerie drängt sich die Menge und erwartet begierig die Kontrahenten. Flinkian tritt in die Schranken, mit weichen Knien, er fühlt das Auge der schönen Trotteleide huldvoll auf sich ruhen, doch jetzt ist nicht die Zeit für süße Blicke! Vinidur tritt in den Ring, vom Fackelscheine hell erleuchtet, und ihre Schwerter treffen mächtig aufeinander. Jetzt ist Voluptikus im Ernst erschrocken und tut sein Bestes, um endlich aufzuwachen; er versucht es und versucht es, allein es geht nicht – die Rüstung ist zu schwer, der Traum gibt ihn nicht frei, und der Feind bedrängt ihn fürchterlich! Immer schneller und heftiger hageln die Schläge auf ihn ein, die Kraft verläßt ihn, sein Arm sinkt herab, doch da schreit der Gegner voll Entsetzen auf, die Klinge seines Schwertes ist zerbrochen; Flinkian will ihm den Garaus machen, aber Vinidur flieht aus dem Ring, und seine Knappen reichen ihm ein neues Schwert. In diesem Augenblick sieht Flinkian die alte Kyberhexe nahen, sie drängt sich durch die Menge und flüstert ihm ins Ohr:

»Herre von Stahl! Sobald Ihr nahe bei dem offenen Tore seid, welches auf die Brücke führt, wird Vinidur sein Schwert sinken lassen, dann aber attackiert ihn mit hohem Muthe, denn selbiges wird das Zeichen Eures sicheren Sieges sein!«

Mit diesen Worten verschwindet sie, und schon stürmt sein Rivale neugewappnet auf ihn ein. Sie kämpfen, Vinidur schlägt wild um sich, wütet wie ein Dreschflegel, doch dann lassen seine Kräfte nach, er pariert die Schläge immer schwächer und weicht zurück, jetzt scheint die Zeit reif und der Moment gekommen, doch noch immer furchteinflößend glänzt das Schwert in seiner Hand, also rafft sich Flinkian auf und denkt: Zum Teufel mit der schönen Trotteleide und all ihren Reizen! – er macht auf dem Absatz kehrt, flieht ins Dunkel der Nacht und rennt stampfenden Schrittes über die Zugbrücke, daß die Bohlen erdröhnen. Verfolgt von lauten Schmäh- und Schimpfrufen stürzt er in den Wald und prallt so heftig mit der Stirn gegen einen Baumstamm, daß ihm schwarz vor Augen wird, er blinzelt, und siehe da, er steht im kleinen Saal des Palastes, gleich vor dem Schwarzen Schrein der selbstträumenden

Träume, und neben ihm Perfidolin, der Seeleningenieur, ein schiefes Lächeln im Gesicht. Schief, weil Perfidolin seine Enttäuschung nur mühsam verbarg; denn der Flinkian-Trotteleide-Traum war in Wirklichkeit eine Falle, in die der König tappen sollte; wäre Voluptikus dem Rat der alten Kyberhexe gefolgt, so hätte ihn Vinidur, der seine Schwäche nur vortäuschte, sogleich mit dem Schwert durchbohrt. Diesem Schicksal war der König nur durch seine außerordentliche Furchtsamkeit entgangen.

»Habt Ihr den holden Reiz der schönen Trotteleide genossen, Euer Liebden?«

»Keineswegs! Darauf habe ich verzichtet, denn sie war nicht schön genug!« sagte Voluptikus. »Noch dazu kam es da zu einer Art von Kampf. Mich aber gelüstet es nach kampf- und waffenlosen Träumen, hast du verstanden?«

»Ganz wie Euer Majestät wünschen«, gab Perfidolin zurück. »Trefft Eure Wahl nur frei, denn in all diesen Schrankträumen erwarten Euch nur selige Genüsse, keine Kämpfe . . .«

»Wir werden sehen«, sagte der König und schaltete sich in den Traum mit dem Titel »Prinzessin Hopsalas Himmelbett« ein. Er befand sich in einem Schlafgemach von zauberhafter Schönheit, das ganz in Goldbrokat erstrahlte. Durch kristallene Fensterscheiben strömte das Licht hinein wie Wasser von der reinsten Quelle, und dort, an ihrem mit Perlen besetzten Toilettentisch, stand die Prinzessin, gähnte herzhaft und traf ihre Vorkehrungen zur Nachtruhe. Voluptikus war über diesen unerwarteten Anblick sehr erstaunt, er wollte sich vernehmlich räuspern, um ihr seine Anwesenheit kundzutun, doch kein Laut wollte über seine Lippen kommen – war er am Ende geknebelt? Er wollte mit dem Finger seinen Mund ertasten, doch es ging nicht, er versuchte, seine Beine zu bewegen, aber nein, er vermochte es nicht; er hielt verzweifelt nach einem Plätzchen Ausschau, um sich niederzusetzen, denn vor Schrecken war er einer Ohnmacht nahe, doch er fand keins. Inzwischen gähnte die Prinzessin einmal, zweimal und ein drittes Mal, dann ließ sie sich von Müdigkeit überwältigt so heftig auf das Bett fallen, daß König Voluptikus vom Kopf bis zu den Zehenspitzen durchgerüttelt wurde, denn er selbst, in höchsteigener Person, war Prinzessin Hopsalas Himmelbett! Offensichtlich wurde die edle Jungfer von unruhigen Träumen geplagt, sie wälzte sich hin und her, stieß den König dabei mit ihren spitzen Ellenbogen und trat ihn mit ihren zierlichen Füßchen so heftig, daß Seine Hoheit (durch diesen Traum in ein Himmelbett verwandelt) von schrecklichem Zorn gepackt wurde. Der König kämpfte gegen seine neue Natur und strengte sich dabei so gewaltig an, daß die Nähte im Himmel platzten, die Sprungfedern zersprangen und die Füße an allen vier Ecken abbrachen; die Prinzessin schrie entsetzt auf, als sie auf dem Fußboden landete, er selbst aber, durch den eigenen Zusammenbruch jäh geweckt, befand sich wieder im kleinen Saal, und neben ihm stand der Seeleningenieur Perfidolin und verbeugte sich unterwürfig.

»Verfluchter Pfuscher!« schrie der König. »Was erlaubst du dir? Wie kannst du es wagen? Ein Bett soll ich sein, dazu für jemand anderen als für mich? Du vergißt dich, elender Lump!«

Perfidolin, zu Tode erschrocken über den Zorn des Königs, flehte ihn an, er möge es mit einem anderen Traum versuchen, bat vielmals um Vergebung für den Irrtum und redete so lange auf den Monarchen ein, bis Voluptikus, endlich besänftigt, den Stecker nahm und sich in den Traum mit dem Titel »Seligkeit in der achtfachen Umarmung der süßen Oktopauline« einstöpselte. Er stand inmitten einer dichtgedrängten Menge von Neugierigen auf einem großen Platz, und ein prächtiger Festzug passierte sie mit wehenden Gewändern aus Samt und Seide, mechanischen Elefanten, Sänften aus Ebenholz geschnitzt; die in der Mitte funkelte wie ein Schrein aus purem Gold, und darin saß, mit acht Schleiern verhüllt, eine weibliche Gestalt von bezaubernder Schönheit, ein Engel mit strahlendem Antlitz, galaktischem Blick und Hochfrequenz-Ohrringen; der König, der vor Erregung am ganzen Leibe zitterte, wollte gerade fragen, wer denn diese himmlische Erscheinung sei, als er hörte, wie ein Raunen ehrfürchtiger Bewunderung durch die Menge ging: »Oktopauline! Oktopauline kommt!«

Tatsächlich feierte man gerade mit höchstem Pomp und Prunk die Verlobung der Königstochter mit einem ausländischen Ritter namens Somnophil. Der König war ein wenig enttäuscht, daß nicht er dieser Ritter war, und als der Festzug hinter den Toren des Palasts verschwunden war, begab er sich mit anderen aus der Menge in ein nahegelegenes Wirtshaus; dort erblickte er Somnophil, angetan mit nichts als Damaszener Pluderhosen, die mit goldenen Nägeln beschlagen waren; er hielt einen halbleeren Krug mit Iontophorese in der Hand, kam auf Voluptikus zu, legte den Arm um ihn, drückte ihn an seine Brust und flüsterte ihm mit heißem Atem ins Ohr:

»Hör zu, ich habe heute ein Rendezvous mit Prinzessin Oktopauline, hinter dem Palast, im Hain der Stacheldrahtsträucher, nahe beim Quecksilberbrunnen, um Mitternacht, doch ich wage nicht, dort zu erscheinen, nicht in diesem Zustand, ich habe zuviel getrunken, du verstehst schon – und daher flehe ich dich an, edler Fremdling, der du mir doch aufs Haar gleichst, geh an meiner Stelle, küsse der Prinzessin die Hand und nenne dich Somnophil, und bei meiner Ehr, ich werde dir dafür ewigen Dank wissen!«

»Warum nicht?« sagte der König nach kurzem Nachdenken. »Ich denke, das kann ich tun. Soll ich jetzt gleich gehen?«

»Ja, sofort, wir haben keine Zeit zu verlieren, es ist fast Mitternacht, doch denke daran, der König weiß nichts davon, niemand weiß etwas, nur die Prinzessin und der alte Torhüter, und falls der dir den Weg versperrt, hier ist ein Säckchen voll Dukaten, die gibst du ihm, er wird dich anstandslos passieren lassen.«

Der König nickte, nahm den Beutel mit den Dukaten und lief in höchster Eile zum Schloß, denn schon sprangen die gußeisernen Käuzchen aus ihren Uhrkästen und kündigten mit langgezogenem »Huh-Huh« die Mitternacht an. Er rannte über die Zugbrücke, warf einen kurzen Blick in die gähnende Tiefe des Burggrabens, bückte sich rasch, schlüpfte unter den Eisenspitzen des vom Torbogen herabhängenden Fallgatters hindurch – hetzte quer über den Hof zu den Stacheldrahtbüschen und zu dem Brunnen, der Quecksilber spie, und dort im bleichen Mondlicht erblickte er die göttliche Gestalt der Prinzessin Oktopauline, schöner als in seinen kühnsten Träumen und so bezaubernd, daß er vor Verlangen erbebte.

Als Perfidolin den zitternden und bebenden Monarchen im Vestibül des Palastes beobachtete, lachte er schadenfroh und rieb sich die Hände, diesmal völlig sicher, daß das Schicksal des Königs besiegelt war, denn er wußte, sobald Oktopauline den unglücklichen Liebhaber mit ihren achtfachen Armen umschlungen hatte, gab es kein Entrinnen mehr. Er wußte, sie würde ihn mit ihren zärtlichen Saugarmen in die tiefsten Tiefen des Traums hinabziehen, und von dort führte kein Weg zurück an die Oberfläche der Wirklichkeit! Und tatsächlich schien alles so zu kommen. Voluptikus, der auf die süße Umarmung der Prinzessin brannte, rannte die Mauer im Schatten der Kreuzgänge entlang und strebte der engelsgleichen, vom Mondlicht übergossenen Schönheit zu, als plötzlich der alte Torhüter auftauchte und ihm mit seiner Hellebarde den Weg versperrte. Der König hob bereits die Hand mit dem Beutel voller Dukaten, doch als er deren angenehme Schwere in der Hand spürte, fiel es ihm furchtbar schwer, sich von ihnen zu trennen, denn war es nicht jammerschade, solch ein Vermögen für eine einzige Umarmung zu verschwenden?

»Hier hast du einen Dukaten«, sagte er und öffnete den Beutel, »und nun laß mich passieren!«

»Ich will zehn!« antwortete der Torhüter.

»Was? Zehn Dukaten für eine Umarmung?« lachte der König höhnisch. »Du bist wohl nicht bei Trost?«

»Zehn Dukaten!« sagte der Torhüter. »Das ist der Preis!«

»Kannst du mir nicht einen Dukaten nachlassen?«

»Keinen einzigen, edler Herr!«

»So steht es also!« schrie der König, der eine Neigung zum Jähzorn besaß. »Na gut, du Schuft, dann bekommst du eben gar nichts!« Woraufhin ihm der Torhüter einen solch mächtigen Schlag mit der Hellebarde versetzte, daß ihm der Kopf dröhnte und sich alles um ihn zu drehen begann, die Kreuzgänge, der Brunnen, die Zugbrücke; dann stürzte Voluptikus mitsamt dem Traum ins Nichts, um in der nächsten Sekunde die Augen aufzuschlagen und an der Seite Perfidolins, gleich neben dem Träumenden Schrank, aufzuwachen. Der Kybernerianer war zutiefst bestürzt, denn es schoß ihm durch den Kopf, daß seine Pläne schon zum zweiten Mal gescheitert waren, zunächst an der Feigheit und nun an der Habgier des Königs. Doch Perfidolin machte gute Miene zum bösen Spiel und bat den König höflich, sein Herz an einem anderen Traum zu erfreuen.

Diesmal wählte Voluptikus den Traum »Durch Liebesessenz zur Schraubenpotenz«. Er verwandelte sich augenblicklich in Debilitus Paralysius, Herrscher von Epilepont und Malazin, einen uralten Tattergreis und unverbesserlichen Wüstling, dessen Seele nach bösen Taten lechzte. Doch was konnte er noch Böses tun mit seinen morschen Gelenken, zitternden Händen und von der Gicht verkrüppelten Füßen? Vielleicht gibt es noch etwas, das mich wieder auf die Beine bringt, dachte er und befahl seinen Degenerälen, Eklampton und Torturius, einen Feldzug zu unternehmen, nach Herzenslust zu morden und zu brennen und soviel Gefangene und Beute zu machen wie nur irgend möglich. Sie taten, wie ihnen geheißen, und sprachen nach ihrer Rückkehr folgende Worte:

»Herr und Gebieter! Wir haben mit Feuer und

Schwert gewütet, geplündert und gebrandschatzt, und hier sind die Gefangenen und die Kriegsbeute: die wunderschöne Adoradora, Jungfräuliche Königin der Entianer und Pentianer, mit all ihren Schätzen!«
»Häh? Was sagt ihr da? Mit ihren Schätzen?« krächzte der König, zitternd vor Gier. »Aber wo ist sie? Ich sehe nichts! Und was knistert und raschelt da so?«
»Das kommt vom königlichen Kronsofa, Majestät!« brüllten die Degeneräle im Chor. »Das Knistern wird dadurch hervorgerufen, daß sich die Sklavin, die obenerwähnte Königin Adoradora, auf der perlenbesetzten Decke des Kronsofas hin und her wirft. Das, was raschelt, ist ihr goldbesticktes Gewand, sie wird von Weinkrämpfen geschüttelt, weil ihr große Demütigung und Erniedrigung bevorsteht!«
»Wie? Demütigung, sagt ihr? Erniedrigung? Das ist gut, sehr gut! Bringt sie her, ich will das arme Ding gleich schänden und entehren!«
»Das dürfen Majestät nicht tun, mit Rücksicht auf die Staatsraison!« unterbrach ihn der Erste Hofmedikus und Königliche Leibarzt.
»Wie? Ich darf ihr nicht Gewalt antun, sie nicht entehren? Ich, der König? Bist du von Sinnen? Hab ich denn je im Leben etwas anderes getan?«
»Gerade deswegen, Königliche Hoheit!« beschwor ihn der Hofmedikus. »Die Gesundheit Eurer Majestät hat unter diesen Exzessen bedenklich gelitten!«

»Ist das wirklich wahr? Nun ... so gebt mir die Axt dort, ich werde ihr den Kopf abschlagen.«
»Mit Verlaub, Majestät, auch das scheint mir nicht angezeigt. Schon die geringste Aufregung ...«
»Himmeldonnerwetter! Was habe ich dann noch von meinem ganzen Königtum?!« krächzte der König voller Verzweiflung. »Heilt mich auf der Stelle! Macht mich wieder jung und kräftig, damit ich ... damit es wieder so wie früher wird ... Denn sonst lasse ich euch alle ...«
In Angst und Schrecken versetzt, stürzten alle Höflinge, Degeneräle und Hofmedizi aus dem Saal und suchten fieberhaft nach Mitteln und Wegen, wie man Seine Majestät verjüngen könnte; schließlich rief man den Großen Kalkulon zur Hilfe, einen Weisen von unendlicher Weisheit. Der trat vor den König und fragte:
»Was ist nun eigentlich Euer Majestät Begehr?«
»Häh? Begehr? Das ist gut! Ich will dir sagen, was mein Begehr ist!« sagte der König mit heiserer Stimme. »Ich will fortfahren mit Ausschweifungen, wüsten Gelagen und Unzucht aller Art, insbesondere aber will ich Königin Adoradora, die ich im Augenblick gefangenhalte, nach allen Regeln der Kunst entehren!«
»Zu diesem Behufe gibt es zwei Wege und zwei Mittel«, sagte Kalkulon. »Entweder geruhen Königliche Majestät, ein entsprechend geeignetes Individuum auszuwählen, das *per procuram* genau das tun

wird, was sich Eure Majestät wünschen, wobei Ihr selbst mit diesem Individuum durch einen dünnen Draht verbunden seid, dank dessen Ihr alles, was dieses Individuum tut, so am eigenen Leibe spürt, als hättet Ihr es selbst getan. Oder man muß die alte Kyberhexe rufen, die draußen im Walde in einer Hütte auf drei Beinen wohnt; denn sie ist eine geriatrische Hexe und behandelt ausschließlich die Gebresten hochbetagter Leute!«

»So? Nun gut, zuerst wollen wir die Sache mit dem Draht probieren!« sagte der König. Das war rasch getan; die königlichen Elektriker legten eine Leitung zwischen dem Hauptmann der Garde und dem König, und der König befahl ihm unverzüglich, den Weisen Kalkulon in der Mitte durchzusägen, denn diese Tat schien ihm ausnehmend schändlich, und nach anderen hatte seine Seele kein Verlangen. Flehentliche Bitten und Jammern halfen dem Weisen nichts; doch die Isolation an einem der Drähte wurde beim Sägen aufgerissen, folglich konnte der König nur die erste Hälfte der Exekution miterleben.

»Eine miserable Methode! Dieser Pseudo-Weise hatte es wahrlich verdient, unter die Säge zu kommen!« krächzte Seine Majestät. »Und jetzt holt mir die alte Kyberhexe aus ihrer Hütte mit drei Beinen!«

Die Höflinge nahmen die Beine in die Hand und rannten in den Wald, und es dauerte nicht lange, da hörte der König einen Singsang, der mehr oder weniger so klang:

»Alte Leute heile ich! Ich kuriere, renoviere, mach die Alten rasch gesund, helfe selbst bei Knochenschwund, ich schmiere Gelenke, nehme Geschenke, wer halbgelähmt und rostgeplagt, der hat mich nie umsonst gefragt, Sklerotiker und Tattergreise verjünge ich auf meine Weise, auch gegen Gicht und Zipperlein setz ich meinen Zauber ein!«

Die alte Kyberhexe hörte sich die Klagen des Königs geduldig an, verbeugte sich bis zum Boden und sagte:

»Herr und Gebieter! Fern hinter dem blauen Horizont, am Fuße des Kahlen Berges, entspringt eine kleine Quelle, und aus der Quelle fließt ein Brünnlein, ein Brünnlein aus Öl, welches Rizinus genannt wird; daraus wird eine Essenz bereitet, welche höchste Schraubenpotenz verleiht und mächtig verjüngt – ein Eßlöffel davon löscht siebenundvierzig Jahre! Doch mußt du fein achtgeben, daß du nicht zuviel von der Essenz nimmst, denn eine Überdosis macht dich so jung, daß du im Nu im Mutterleib verschwindest! Und jetzt, mein Herr und Gebieter, laß mich dir diese erprobte und bewährte Medizin bereiten!«

»Wunderbar!« rief der König. »Man soll Königin Adoradora auf alles vorbereiten, mag sie nur wissen, was sie erwartet, hi, hi!«

Und er versuchte mit zitternden Händen, seine losen Schrauben festzuziehen, wobei er fortgesetzt brabbelte und an mehreren Stellen zugleich krampfhaft

zusammenzuckte, denn er war schrecklich senil geworden, wenngleich dies seiner Leidenschaft für alles Böse keinerlei Abbruch getan hatte.
Inzwischen ritten Ritter an den fernen blauen Horizont, an die Quelle, wo Rizinus sprudelte, und später wallten die Dämpfe und kräuselte sich der Rauch über dem Kessel der alten Kyberhexe, in dem ein Gebräu brodelte und zischte. Nach getaner Arbeit eilte sie vor den Thron, fiel auf die Knie und reichte dem König einen Becher, der glitzerte und schimmerte wie Quecksilber, sie selbst aber sagte mit lauter Stimme: »König Paralysius, hier ist die verjüngende Essenz, sie bringt deinen Schrauben Potenz! Belebend und stärkend, genau das richtige für kühne Abenteuer und Liebesspiele auf Leben und Tod! Hast du diesen Becher geleert, so gibt es für dich in der gesamten Galaxis nicht genug Städte zu plündern und Jungfrauen zu entehren! Nun trink, und wohl bekomm's!«
Der König nahm den Becher, verschüttete jedoch einige Tropfen auf seinen Fußschemel, der augenblicklich senkrecht in die Höhe fuhr, schnaubte und sich auf Degeneral Eklampton stürzte, wild entschlossen, ihn zu entehren und zu schänden. Im Handumdrehen hatte er ihm die Hälfte seiner neunundneunzig Orden abgerissen.
»Trink, Königliche Hoheit, trink!« ermunterte die Kyberhexe. »Du siehst ja selbst, wie wunderbar es wirkt!«

»Trink du zuerst!« sagte der König mit kaum hörbarem Flüstern, denn er alterte wirklich in atemberaubendem Tempo. Die Kyberhexe wurde bleich, wich zurück und wollte nicht trinken, doch auf ein Nicken des Königs packten sie drei Soldaten und flößten ihr mit Hilfe eines Trichters einige Tropfen des glitzernden Gebräus ein. Ein Blitz, ein Donner, und Rauch überall. Die Höflinge schauten, der König schaute – weit und breit keine Spur von der Kyberhexe, nur ein pechschwarzes Loch gähnte im Fußboden, und durch dieses konnte man ein weiteres Loch entdecken, ein Loch im Traum selbst, in dem in aller Deutlichkeit ein Fuß sichtbar wurde – elegant beschuht, wenngleich der Strumpf versengt und die Silberspange ganz schwarz geworden war, als sei sie von Säure zerfressen. Natürlich gehörte der Fuß samt Strumpf und Schuh niemand anderem als Perfidolin, dem Hofthaumaturgen und Apotheotiker der Krone. Denn so stark war das Gift, das die Kyberhexe als Liebesessenz für mehr Schraubenpotenz bezeichnet hatte, daß es nicht nur sie selbst und den Fußboden durchbohrt hatte, sondern glatt bis zur Wirklichkeit durchgedrungen war, wo es Perfidolins Schienbein erreichte und dort einen häßlichen Brandfleck hinterließ. Der König war zu Tode erschrocken und versuchte aufzuwachen, aber zum Glück für Perfidolin gelang es Degeneral Torturius noch, dem König (ausgerechnet mit seinem Zepter) einen mächtigen Schlag gegen die Stirn zu versetzen;

dank dessen vermochte Voluptikus, als er wieder zu sich kam, sich an nichts, aber auch gar nichts zu erinnern, was ihm im Traum widerfahren war. Und dennoch hatte er die Pläne des listigen Seeleningenieurs zum dritten Mal vereitelt, indem er aus dem tödlichen Traum entkommen war, diesmal wegen seines grenzenlosen Mißtrauens, das er allen entgegenbrachte.

»Irgend etwas habe ich geträumt, aber was, das weiß ich nicht mehr«, sagte der König, als er wieder vor dem Träumenden Schrank stand. »Doch weshalb, Perfidolin, hüpfst du eigentlich auf einem Fuß umher und hältst dir den anderen?« »Es . . . es ist nichts, Majestät, mein Rhombotismus macht mir zu schaffen . . . es gibt wohl einen Wetterumschwung«, stöhnte der listige Thaumaturg und Apotheotiker der Krone und fuhr dann fort, den König zu beschwatzen, er möge es doch mit einem neuen Traum versuchen. Voluptikus dachte eine Weile nach, las sich das »Inhaltsverzeichnis der Träume« durch und wählte schließlich »Prinzessin Blödianas Hochzeitsnacht«. Und schon träumte er, wie er am Kaminfeuer saß und in einem alten Folianten mit prächtigen Kupferbeschlägen las, der mit wohlgesetzten Worten und karmesinroten Buchstaben auf vergilbtem Pergament von Prinzessin Blödiana erzählte, die vor fünfhundert Jahren im Lande Dandelia herrschte; von ihrem Eiswald, Schneckenturm, ihrem Vogelhaus mit Wiehern und ihrem Schatz mit den hundert

Augen, vor allem aber von ihrer außergewöhnlichen Schönheit und Tugend. Und Voluptikus sehnte sich nach ihrer Schönheit mit großem Sehnen, und ein unbändiges Verlangen loderte in ihm auf und entzündete seine Seele, daß seine Augäpfel glänzten wie Leuchtfeuer, und er machte sich auf, um Blödiana in der Tiefe und in sämtlichen Ecken des Traums zu suchen, doch sie war nirgends zu finden; er fragte überall herum, doch nur die allerältesten Roboter hatten jemals von der Prinzessin gehört. Müde von der langen Wanderung kam Voluptikus schließlich ins Zentrum der königlichen Wüste, wo selbst die Dünen vergoldet waren. Dort erblickte er eine armselige Hütte, und als er sich ihr näherte, sah er einen würdigen Alten in schneeweißem Gewand, der sich bei seinem Anblick erhob und folgende Worte sprach:

»Du suchst Blödiana, Unglücklicher! Dabei weißt du sehr wohl, daß sie schon seit fünfhundert Jahren nicht mehr unter den Lebenden weilt und wie vergeblich und fruchtlos deine Leidenschaft somit ist. Es gibt nur eins, was ich für dich tun kann, du sollst sie sehen, zwar nicht in Fleisch und Blut, doch als wohlgestaltetes, informationales Faksimile, als Modell, welches nicht physikalisch, sondern stochastisch, nicht plastisch, sondern ergodisch und doch erotisch ist . . . ich habe es in meiner freien Zeit aus allerlei Wüstenabfällen zusammengebastelt!«

»Ach, zeig sie mir! Zeig sie mir doch!« schrie Voluptikus.
Der Alte nickte, las aus dem Folianten die Koordinaten der Prinzessin ab, programmierte Blödiana und das gesamte Mittelalter auf Lochkarten, schaltete den Strom ein, öffnete den Deckel der Black Box und sagte:
»Nun schau sie an und schweig fein still!«
Bebend vor Verlangen neigte sich der König über die Box und erblickte tatsächlich das Mittelalter, nichtlinear und binär codiert, und mitten darin lag das Land Dandelia, mit seinem Eiswald, dem königlichen Palast, dem Schneckenturm, dem Vogelhaus mit Wiehern und dem Schatz mit den hundert Augen; und da war Blödiana selbst zu sehen, wie sie einen stochastischen Spaziergang durch ihren simulierten Lustgarten machte; und ihre Stromkreise erglühten abwechselnd in tiefem Rot und strahlendem Gold, als die modellierte Prinzessin modellierte Gänseblümchen pflückte und dazu ein modelliertes Liedchen summte. Voluptikus, der sich nicht länger bezähmen konnte, sprang auf die Black Box und versuchte, von holdem Wahnsinn gepackt, in die computerisierte Welt hineinzuklettern. Doch der würdige Alte schaltete rasch den Strom ab, brachte den König mit sanfter Gewalt auf den Boden der Tatsachen zurück und sagte:
»Wahnsinniger! Du verlangst Unmögliches, denn kein Wesen aus realer Materie vermag jemals ins

Innere jener Welt vorzudringen, die nichts ist als das Kreisen und Pulsieren binär codierter Elemente in alphanumerischer, nichtlinearer und diskreter Modellierung!«

»Aber ich muß! Ich muß!« schrie Voluptikus völlig außer sich und trommelte mit beiden Fäusten so heftig gegen die Black Box, daß tiefe Beulen im Blech entstanden.

»Wenn dein Verlangen wirklich so heiß und dein Wille unabänderlich ist, so will ich dir einen Weg zeigen, der dich mit Prinzessin Blödiana vereint, allerdings mußt du zunächst von deiner gegenwärtigen Gestalt für immer Abschied nehmen, denn ich werde deine persönlichen Koordinaten vermessen und dich selbst Atom für Atom modellieren, dann programmiere ich dich, und dank dessen wirst du ein Teil jener mittelalterlichen und modellierten Welt, und du wirst es bleiben, solange Elektronen durch diese Drähte fließen und von Kathode zu Anode hüpfen. Doch du, so wie du jetzt vor mir stehst, wirst annihiliert und kannst in keiner anderen Form weiterleben als in der bestimmter Felder und Potentiale, somit statistisch, heuristisch und stochastisch!«

»Wie kann ich dir glauben?« fragte Voluptikus. »Woher weiß ich, daß du mich modellierst und nicht jemand anderen?«

»Gut, wir machen einen Probelauf!« sagte der Alte; dann schaute er sich den König von allen Seiten genau an und nahm Maß, wie das ein Schneider tut, jedoch mit sehr viel größerer Präzision – schließlich mußte er jedes einzelne Atom vermessen und abwiegen – dann speiste er das Programm in die Black Box ein und sagte: »Sieh her!«

Der König schaute ins Innere der Box und sah, wie er selbst am Kamin saß und einen uralten Folianten über Prinzessin Blödiana las, wie er aufbrach, um sie zu suchen, wie er überall herumfragte und schließlich inmitten der vergoldeten Wüste auf eine armselige Hütte und einen schneeweißen Alten traf, der ihn mit den Worten begrüßte: »Du suchst Blödiana, Unglücklicher!« Und so weiter.

»Jetzt bist du wohl überzeugt!« sagte der Alte. »Ich werde dich also ins Mittelalter hineinprogrammieren, an die Seite der wunderschönen Blödiana, damit du einen niemals endenden Traum mit ihr träumst, binär codiert, simuliert und nichtlinear . . .«

»Ich verstehe«, sagte der König, »aber das ist doch nur mein Ebenbild und nicht ich, denn ich selbst bin ja hier und nicht in irgendeiner Box!«

»Bald wird es dich auch hier nicht mehr geben«, antwortete der Alte. »Das laß nur meine Sache sein!«

Mit diesen Worten zog er einen Hammer unter dem Bett hervor, schwer und handlich. »Sobald du in den Armen deiner Geliebten ruhst, werde ich dafür sorgen, daß es dich nicht mehr zweimal gibt, einmal hier und einmal dort in der Box – und zwar werde ich mich einer Methode bedienen, die ein wenig alt und primitiv, jedoch sehr zuverlässig ist, also tu mir die Liebe und neige dein Haupt ein wenig!«

»Zuerst mußt du mir noch einmal Blödiana zeigen«, sagte der König, »denn ich will sehen, ob deine Methode auch wirklich vollkommen ist . . .«

Der Alte zeigte ihm Blödiana durchs Schauglas der Black Box. Der König schaute und schaute und sagte schließlich:

»Die Beschreibung in dem alten Wälzer ist stark übertrieben. Sie ist nicht übel, gewiß, doch bei weitem nicht so schön, wie die Chroniken sagen. Auf Wiedersehen, Alter . . .«

Und er wandte sich zum Gehen.

»Was tust du? Wohin, Wahnsinniger?!« schrie der Alte und griff nach dem Hammer, denn der König war schon beinahe zur Tür hinaus.

»Überallhin, nur nicht in die Box!« sagte Voluptikus, doch genau in diesem Moment platzte der Traum unter seinen Füßen wie eine Seifenblase, und er fand sich im Vestibül des Palastes wieder und erblickte den bitter enttäuschten Perfidolin, enttäuscht, weil der König so nahe daran gewesen war, in der Black Box eingeschlossen zu werden, aus der ihn der Thaumaturg und Apotheotiker der Krone niemals wieder herausgelassen hätte . . .

»Hör zu, mein Seeleningenieur«, sagte der König, »in deinen Träumen mit Prinzessinnen gibt es zu viele Schwierigkeiten. Entweder verschaffst du mir jetzt einen, in dem ich Sinnesfreuden nach Herzenslust genießen kann – ohne Tricks und Fisimatenten – oder du verschwindest mir sofort aus dem Palast, und zwar mitsamt deinen Schränken!«

»Herr und Gebieter!« antwortete Perfidolin. »Ich habe den richtigen Traum für Euch, von bester Qualität und maßgeschneidert. Probiert ihn nur und Ihr werdet sehen, wie recht ich habe!«

»Was ist das für ein Traum, den du so anpreist?« fragte der König.

»Dieser hier, Majestät!« sagte der Apotheotiker der Krone und deutete auf das kleine Perlmuttäfelchen mit der Inschrift: »Mona Lisa oder das Labyrinth der süßen Unendlichkeit«.

Und bevor der König ja oder nein sagen konnte, griff Perfidolin nach dem Stecker, der an der Uhrkette des Monarchen hing, und er tat es rasch, denn er sah, daß die Dinge schlecht standen: Voluptikus war der ewigen Gefangenschaft in der Black Box entgangen, ohne Zweifel weil er zu wenig sensibel war, um den Reizen der bezaubernden Blödiana für immer zu erliegen.

»So warte doch«, sagte der König. »Ich will es selbst tun.« Er steckt den Stecker hinein und schlüpft ins Innere des Traumes, nur um zu sehen, daß er immer noch er selbst, Voluptikus, ist, im Vestibül des Palasts stehend, Perfidolin den Kybernerianer an seiner Seite, der ihm erklärt, daß »Mona Lisa« mit Abstand der liederlichste und ausschweifendste aller Träume sei, weil sich in ihm die Unendlichkeit des schöneren Geschlechts eröffne; Voluptikus hört zu, steckt den Stecker hinein und schaut sich nach Mona Lisa um, denn er spürt bereits heftiges Verlangen nach ihren holdseligen Liebkosungen, doch im nächsten Traum befindet er sich immer noch im Vestibül des Palasts mit dem Hofthaumaturgen an seiner Seite, also schaltet er sich ungeduldig in den nächsten Traum ein, doch es ist wieder dasselbe, das Vestibül, die Schränke, der Seeleningenieur und er selbst. »Ist dies nun ein Traum oder nicht?« ruft er, stöpselt ein, und da sind wieder das Vestibül, die Schränke und der Kybernerianer; noch einmal, wieder dasselbe – und »Wo ist Mona Lisa, du Schurke?!« schreit er und zieht den Stecker heraus, um aufzuwachen – aber nein, er ist immer noch im Vestibül mit den Schränken! Rasend vor Wut stampft er mit dem Fuß auf und hastet von Traum zu Traum, von Schrank zu Schrank, von Perfidolin zu Perfidolin, doch jetzt kümmert ihn der Traum nicht mehr, er will nur zurück in die Wirklichkeit, zurück zu seinem geliebten Thron, zu den Hofintrigen und wüsten Gelagen, und er reißt den Stecker heraus, stöpselt ihn aufs Geratewohl wieder ein, zieht ihn erneut heraus . . . »Zu Hilfe!« ruft er, »der König ist in Gefahr!« und »Mona Lisa! He! Hallo!« während er von Panik erfaßt aufspringt, wild von einer Ecke in die andere jagt und den ganzen Traum verzweifelt nach einer Ritze absucht, doch vergeblich. Er verstand nicht, was da eigentlich vor sich ging, denn dazu war er zu begriffsstutzig, aber diesmal konnten ihn weder seine Stumpfsinnigkeit noch seine Furchtsamkeit, noch sein übermäßiger Geiz mehr retten. Denn er war bereits in allzu viele Träume verstrickt, allzu viele hatten ihn bereits in ihre dichten Kokons eingesponnen, und wenngleich er den einen oder anderen unter Aufbietung aller Kräfte zerreißen konnte, half ihm das nichts, weil er nur noch tiefer im nächsten Traum versank; und wenn er den Stecker aus dem Schrank zog, dann waren beide, Stecker wie Schrank, nur geträumt, nicht real, und als er Perfidolin schlagen wollte, erwies sich auch Perfidolin als Trugbild. Der König jagte und hetzte, hierhin, dorthin, wieder zurück, doch überall war alles nur ein Traum, ein Traum und nichts als ein Traum, die Tore, die Marmorböden, die goldbestickten Vorhänge mit ihren Troddeln und Quasten und schließlich Voluptikus selbst – ein Traum, ein wandelnder Schatten, ein hohles Truggebilde, flüchtig und vergänglich, verloren in einem Labyrinth von Träumen und immer tiefer darin versinkend, obwohl er noch immer um sich schlug und mit den Füßen trat – doch auch das geschah nur im Traum. Er schlug Perfidolin den Schädel ein – doch es half nichts, denn es geschah nicht wirklich, er brüllte wie am Spieß, brachte jedoch keinen wirklichen Laut hervor, und als er sich schließlich – benommen und halb von Sinnen – tatsächlich den Weg in die Wirklichkeit freigekämpft hatte, da hielt er sie für einen Traum und schaltete sich rasch wieder aus; das konnte auch gar nicht anders sein, und vergeblich jammerte er, endlich aufwachen zu dürfen, denn er wußte nicht, daß ›Mona Lisa‹ – in Wirklichkeit – eine diabolische Kontamination des Wortes ›Monarcholyse‹ war, d. h. der Disjektion, Dissoziation und völligen Dissolution des Königs. Und wahrlich, von allen Fallen, die ihm der tückische Thaumaturg und Apotheotiker der Krone gestellt hatte, war dies mit Abstand die furchtbarste . . .«

Das war die erschröckliche und lehrreiche Geschichte, welche Trurl König Daumenschraub dem Dritten erzählte, der davon Kopfweh bekam und den Konstrukteur daher bald verabschiedete, allerdings erst, nachdem er ihn mit dem Orden der Heiligen Kybernia ausgezeichnet hatte, einer Lilie aus Feedback auf grünem Feld, mit Informationen von unschätzbarem Wert inkrustiert.«

Und mit diesen Worten kam die zweite geschichtenerzählende Maschine zum Stehen, sie knirschte allerliebst mit ihrem goldenen Getriebe und konnte ein leises Lachen nicht unterdrücken, denn einige ihrer Elektronenröhrchen waren überhitzt und begannen zu blaken, doch sie senkte einfach die Anodenspannung, fächelte den Rauch beiseite und zog sich bescheiden ins Photonen-Phaeton zurück, begleitet von großem Applaus als Belohnung für ihre Eloquenz und Meisterschaft im Geschichtenerzählen. König Genius reichte Trurl indessen einen Becher mit schäumendem Ionenmet, herrlich graviert mit Wahrscheinlichkeitswellen im feinen Spiel transversaler Photonen. Trurl leerte ihn in einem Zug, dann schnippte er mit dem Finger, woraufhin die dritte Maschine ins Zentrum der Höhle trat, sich tief verneigte und mit tonischer, euphonischer und höchst elektronischer Stimme sagte:

»Dies ist die Geschichte, wie der große Konstrukteur Trurl mit Hilfe eines gewöhnlichen Krugs eine lokale Fluktuation hervorrief und was dabei herauskam.

Im Sternbild des Mangelbretts war eine Spiralgalaxis, und in dieser Galaxis war ein Dunkler Nebel, und in diesem Nebel waren fünf sechsspännige Konstellationen, und in der fünften Konstellation war eine lila Sonne, sehr alt und sogar etwas trübe, und um diese Sonne kreisten sieben Planeten, und der dritte von ihnen hatte zwei Monde, und auf all diesen Sonnen, Sternen, Planeten und Monden gingen allerlei Ereignisse vor sich, variable und variierende, welche mit einer statistischen Streuung auftraten, die völlig normal war; und auf dem zweiten Mond des dritten Planeten der lila Sonne der fünften Konstellation des Dunklen Nebels in der Spiralgalaxis in der Konstellation des Mangelbretts befand sich eine

Müllhalde, wie man sie auf jedem anderen Planeten oder Mond finden kann, eine ganz gewöhnliche also, vollgestopft mit Müll und anderen Abfällen; sie war dadurch entstanden, daß die Glauberischen Aberriziden einmal einen Krieg auf Grundlage von Kernspaltung und Kernfusion gegen die Lilianischen Albumenser führten, mit dem natürlichen Ergebnis, daß ihre Brücken, Straßen, Häuser, Paläste und nicht zuletzt sie selbst in Schutt und Asche verwandelt wurden, und dieses flüchtige Material hatten die solaren Winde an ebendie Stelle geblasen, von der wir sprechen. Viele, viele Jahrhunderte lang geschah nichts auf der Müllhalde, als daß Müll auf Müll lag, doch als einmal ein Erdbeben kam, da wurde die eine Hälfte des Mülls, die sich ganz unten befand, nach oben geschleudert, und die andere Hälfte, die vorher oben war, sank bis ganz nach unten, was an und für sich keine allzu große Bedeutung hatte, jedoch den Weg für ein höchst ungewöhnliches Phänomen ebnete. Wie es der Zufall wollte, flog der Ruhmreiche Konstrukteur Trurl gerade mit seiner Vakuumfähre durch diese Gegend, als er plötzlich von einem Kometen mit grellem Schweif geblendet wurde. Er wollte sich den Kometen natürlich vom Leibe halten und warf daher hastig alles über Bord, was gerade in Reichweite lag – Schachfiguren, innen hohl, die er für die Reise heimlich mit Branntwein gefüllt hatte, ein Fäßchen mit dem Pulver, das die Lempis vom Planeten Chloreley trotz aller Bemühungen nicht erfunden hatten, sowie verschiedene Töpfe und Tiegel, darunter auch einen irdenen Krug mit einem Sprung in der Mitte. Dieser Krug, der in Übereinstimmung mit den Gravitationsgesetzen immer mehr an Geschwindigkeit gewann und durch den Kometenschweif noch beschleunigt wurde, schlug in die Gebirgskette der Müllhalde ein, sauste einen Schrottabhang hinunter bis zu einem Tümpel, bohrte sich durch den Schlamm und donnerte schließlich mitten in eine alte Konservendose; durch den Aufprall bog sich das Metall um einen Kupferdraht, wobei einige Glimmerbrocken in den Dosenrand gestoßen wurden, und schon war ein Kondensator entstanden, während der Draht, der sich um den Krug gewickelt hatte, den Beginn eines Solenoids formte, und ein Stein, durch den Krug in die Höhe geschleudert, setzte wiederum ein verrostetes Stück Eisen in Bewegung, das einmal ein Magnet gewesen war, und so wurde ein Strom erzeugt, und der Strom floß durch sechzehn andere Konservendosen und Enden von Kupferdraht, wodurch Sulfide und Chloride freigesetzt wurden, deren Atome sich mit anderen Atomen verbanden, und die so entstehenden Moleküle verquirlten sich mit anderen Molekülen, bis mitten im Zentrum der Müllhalde ein Logischer Stromkreis entstand, ihm folgten fünf weitere und noch einmal achtzehn, genau an der Stelle, wo der Krug schließlich in tausend Stücke zersprang. An diesem Abend erwachte etwas zum

Leben am Rande der Müllhalde, nicht weit von dem Tümpel, der inzwischen ausgetrocknet war, und dieses Etwas, ein völlig spontan entstandenes Geschöpf, war Mamosch Eigensohn, der weder Vater noch Mutter hatte, sondern sein eigener Sohn war, denn sein Vater war der Zufall und seine Mutter – die Entropie. Und Mamosch erhob sich aus der Müllhalde und war sich der Tatsache gar nicht bewußt, daß seine Chance auf Entstehung nur bei eins zu hundert Supergigazentillionen, erhoben in die hexaptillionste Potenz, gelegen hatte; er ging seines Weges, bis er zum nächsten Tümpel kam, der noch nicht ausgetrocknet war, so daß er sein Spiegelbild mühelos erkennen konnte, als er sich über die Wasseroberfläche beugte. Und er erblickte seinen völlig akzidentiellen Kopf, mit Ohren wie mißratene Mohnstriezel, das linke schief und das rechte voller Risse, und er sah seinen völlig akzidentiellen Rumpf, eine Mischung aus Blech, Eisenstücken und anderem Schrott, etwas faßbrüstig zugleich, weil seine Brust ein Faß war, wenngleich in der Mitte schmaler, wie eine Taille, denn als er die Müllhalde herunterrollte, hatte ihn genau an dieser Stelle ein Granitbrocken erwischt und das Blech rundum eingedrückt; und er betrachtete seine Glieder aus Müll und zählte sie, und wie es das Obwalten der Umstände wollte, waren da zwei Arme, zwei Beine und rein zufällig auch zwei Augen, und Mamosch Eigensohn geriet in hellstes Entzücken über sich selbst, er konnte seine schmale Taille gar nicht genug bewundern, war ausnehmend froh über die symmetrische Anordnung seiner Arme und Beine sowie über die herrliche Rundung seines Kopfes. Und daher schrie er aus voller Kehle:

»Wahrlich, ich bin schön, ja sogar vollkommen, was in aller Klarheit die Vollkommenheit Jeglicher Schöpfung impliziert!! Oh, und wie großartig muß erst der sein, der mich geschaffen hat!«

Und er humpelte vorwärts – wobei er eine lose Schraube nach der anderen verlor, denn es hatte sie ja niemand ordentlich festgezogen – und summte ein Loblied auf die Prästabilierte Harmonie vor sich hin, doch nach dem siebten Schritt stolperte er aus Unachtsamkeit und fiel der Länge nach hin, wieder zurück in den Müll, und in den nächsten dreihundertvierzehntausend Jahren geschah nichts weiter mit ihm, als daß er rostete, sich langsam zersetzte und der allgemeinen Korrosion anheimfiel, denn er war auf den Kopf gefallen und hatte dabei einen Kurzschluß erlitten, so daß er seinen elektrischen Geist aufgab. Und nach dieser Zeit geschah es, daß ein gewisser Kaufmann, der auf seinem alten Raumdampfer eine Ladung Seeanemonen für die Stomatopoden vom Planeten Winzlandia mit sich führte, mit seinem Ersten Steuermann in Streit geriet, als sie sich der lila Sonne näherten, und mit seinen Schuhen nach ihm warf, und einer dieser Schuhe durchschlug die Frontscheibe und flog in den Weltraum, wobei seine Umlaufbahn infolge der Tatsache eine Perturbation erfuhr, daß derselbe Komet, der Trurl viele Jahrhunderte zuvor geblendet hatte, jetzt wieder an ebendieser Stelle aufgetaucht war; und so taumelte der Schuh in langsamer Drehung auf den Mond zu, wurde beim Eintritt in die Atmosphäre ein wenig versengt, prallte gegen den Abhang der Müllhalde, stürzte senkrecht zu Boden und traf den dort liegenden Mamosch Eigensohn genau mit der richtigen Vehemenz und im richtigen Aufprallwinkel, um exakt die richtigen Drehmomente, Torsionen und Zentrifugalkräfte hervorzurufen, die notwendig waren, um das akzidentielle Gehirn dieses akzidentiellen Wesens zu reaktivieren – und zwar auf folgende Weise: Mamosch Eigensohn, der ja jetzt beschuht war, fiel in den nahegelegenen Tümpel, wo sich seine Chloride und Jodide mit dem Wasser vermischten; gleichzeitig sickerte Elektrolyt in seinen Kopf, so daß dort unter dumpfem Blubbern ein Strom entstand, der so lange hierhin und dahin floß, bis Mamosch plötzlich im Schlamm saß und dachte: »Allem Anschein nach bin ich!«

Das war jedoch der einzige Gedanke, den er in den folgenden sechzehn Jahrhunderten zu fassen vermochte; der Regen prasselte auf ihn nieder, der Hagel hämmerte auf ihn ein, und in der ganzen Zeit stieg und wuchs seine Entropie, doch nach weiteren eintausendfünfhundertfünfundzwanzig Jahren wurde ein über die Müllhalde dahinfliegendes Vöge-

lein von einem Falken bedroht und erleichterte sich vor lauter Angst, aber auch, um seine Geschwindigkeit zu erhöhen, und traf Mamosch dabei mitten auf die Stirn. Er erwachte, nieste und sagte:
»Wahrlich, ich bin! Und daran gibt es nicht den geringsten Zweifel. Jedoch erhebt sich die Frage, wer ist das eigentlich, der da sagt, er sei. Oder mit anderen Worten, wer bin ich? Wie soll man darauf eine Antwort finden? Hm? Wenn außer mir noch etwas existierte, einfach irgend etwas, mit dem ich mich vergleichen könnte, dann wäre schon viel gewonnen, das Problem aber ist, daß es einfach nichts gibt, denn es ist ja deutlich zu sehen, daß es absolut nichts zu sehen gibt! Und daher gibt es als ein Seiendes nur mich, und ich bin alles, das ist und sein kann, denn ich kann denken, was ich will, doch bin ich somit – ein leerer Raum zum Denken und nicht mehr?!«
Tatsächlich besaß er keinerlei Sinne mehr, sie waren im Laufe der Jahrhunderte langsam abgestorben und zu Staub zerbröckelt, denn die Braut des Chaos, die Entropie, ist eine grausame und unbarmherzige Herrscherin. Und so konnte Mamosch weder seinen Mutter-Tümpel noch seinen Bruder-Schlamm, noch die ganze weite Welt sehen, hatte keinerlei Erinnerung an das, was zuvor mit ihm geschehen, und war überhaupt zu nichts anderem fähig als zum Denken. Das allein vermochte er, und daher widmete er sich dieser Tätigkeit mit ganzem Herzen.

»Zunächst«, sprach er zu sich, »müßte man diese Leere ausfüllen, die ich bin, und dadurch ihre unerträgliche Monotonie beseitigen. Also sollten wir an etwas denken, denn wenn wir denken, dann existiert dieser Gedanke, und außer unseren Gedanken existiert bekanntlich nichts.« Diesen Worten konnte man entnehmen, daß er bereits etwas anmaßend wurde, denn er sprach von sich selbst in der ersten Person Pluralis.

»Doch halt«, sagte er dann, »wäre es nicht möglich, daß außer mir noch etwas existiert? Wir sollten diese Möglichkeit für einen Moment in Erwägung ziehen, wenngleich sie uns unwahrscheinlich und sogar widersinnig vorkommt. Wir wollen diese Außenwelt als den Gozmoz bezeichnen. Und wenn ein solcher Gozmoz existiert, muß ich als ein Teil von ihm existieren!«

Hier hielt er inne, grübelte ein wenig über die Sache nach, und schließlich kam ihm diese Hypothese völlig unbegründet vor. Für sie fehlten jegliche Anhaltspunkte, Grundlagen, Argumente und Prämissen, und schrecklich beschämt, daß er sich zu einer derart wilden und unsicheren Spekulation hatte hinreißen lassen, sprach er zu sich selbst:

»Von dem, was außerhalb von mir ist, wenn dort überhaupt etwas ist, weiß ich nichts. Von dem aber, was innerhalb von mir ist, weiß oder werde ich zumindest wissen, sobald ich etwas denke, denn wer, wenn nicht ich selbst, zum Donnerwetter! sollte sich in meinen Gedanken auskennen?!« Und er dachte ein zweites Mal an den Gozmoz, plazierte ihn jedoch diesmal in sein eigenes Inneres; diese Lösung erschien ihm bescheidener, angemessener und mehr im Sinne einer sachlichen Grundhaltung, um die er sich bemühte. Und er begann den Gozmoz mit allerlei erdachten Wesen und Elementen auszufüllen. Weil es ihm noch an der rechten Routine und Geschicklichkeit fehlte, ersann er zunächst die Perlesianer, die bei jeder Gelegenheit krobelten, sowie die Pochlesier, die leidenschaftlich gern Darten klopften. Kaum erschaffen, gerieten sich Perlesianer und Pochlesier wegen der Darten in die Haare und schlugen einander so heftig, daß Mamosch der Müllgeborene Kopfschmerzen bekam und von seinem Weltschöpfertum nichts anderes davontrug als eine schreckliche Migräne.

Bei seinen weiteren Schöpfungsversuchen ging er mit größerer Umsicht zu Werke, er ersann zunächst Grundstoffe wie das Edelgas Calsonium oder das spirituelle Element Denkalium, und er schuf Wesen, und sie waren fruchtbar und mehreten sich. Von Zeit zu Zeit machte er Fehler, doch nach ein bis zwei Jahrhunderten hatte er es zu beachtlichen Fähigkeiten gebracht, und sein ureigener Gozmoz nahm vor seinem geistigen Auge feste und stabile Gestalt an, und es wimmelte in ihm von verschiedenen Stämmen, Wesenheiten, Dingen, Individuen, Zivilisationen und Phänomenen, und die Existenz dort war äußerst angenehm, denn er hatte die Gesetze in diesem Gozmoz höchst liberal gestaltet, weil er keinerlei Gefallen fand an den strikten und rigiden Gesetzmäßigkeiten, diesem Kasernenhofreglement, das die Mutter Natur ihren Kindern auferlegt (wenngleich er natürlich niemals von Mutter Natur gehört hatte).

So war die Welt von Mamosch Eigensohn voll von Kaprizen und Mirakeln, und die Dinge in ihr geschahen einmal auf die eine, dann wieder auf die gänzlich andere Weise, ohne daß es dafür einen bestimmten Grund gab. Wenn ein Individuum kurz vor dem Sterben stand, so gab es immer Mittel und Wege, um den endgültigen Abschied vom Gozmoz doch noch zu vermeiden, denn Mamosch hatte eine klare Entscheidung gegen irreversible Ereignisse getroffen. Und in seinen Gedanken lebten die Gondralen, die calsoniumfördernden Calamititen wie auch die Klofundraner, Benigniten und Raffiten herrlich und in Freuden, Generation auf Generation. Doch inzwischen fielen Mamosch Eigensohn seine Müll-Arme und Abfall-Beine ab und kehrten auf die Halde zurück, von der sie gekommen waren, und rostrot färbte sich das Wasser des Tümpels um seine einstmals so herrliche Taille, und allmählich versank sein Rumpf im Schlick und Morast. Dabei hatte er gerade einige neue Konstellationen errichtet und ihnen mit liebender Fürsorge einen Platz in der ewigen Finsternis seines Bewußtseins zugewiesen, das sein Gozmoz war, und er tat sein Bestes, um alles, was er durch Denken geschaffen hatte, in genauer Erinnerung zu behalten; und obgleich sein Kopf von dieser Anstrengung schmerzte, ließ er nicht nach, denn er fühlte sich für seinen Gozmoz verantwortlich, wo er so sehr gebraucht wurde und so ernste Pflichten hatte. Inzwischen fraß sich der Rost tiefer und tiefer in seine Blechfontanelle, was er natürlich nicht wissen konnte, und eine Scherbe von Trurls Krug, von ebendemselben Krug, der ihn vor Tausenden von Jahren zum Leben erweckt hatte, kam auf einer Woge des Tümpels dahergeschwommen und näherte sich seinem unglücklichen Kopf, denn das war alles von ihm, was noch aus dem Wasser herausschaute. Und just in dem Moment als Mamosch Eigensohn die sanfte, kristallene Baucis und ihren getreuen Ondragor ersann und als die beiden Hand in Hand inmitten der dunklen Sonnen seines Geistes umherwanderten und alle Gozmozianer einschließlich der Perlesianer unter andächtigem Schweigen zuschauten, wie das holde Paar zärtliche Worte austauschte – da platzte sein rostzerfressener Schädel beim Aufprall der durch einen Windstoß herbeigewehten Tonscherbe, und das trübe Wasser schlug über seinen kupfernen Spulen zusammen, nahm die Energie aus den logischen Stromkreisen, und der Gozmoz des Mamosch Eigensohn erlangte die Vollkommenheit, die letzte Vollkommenheit, die mit dem Nichts kommt. Und diejenigen, die ihn ohne ihr

Wissen in die Welt gesetzt hatten, erfuhren niemals von seinem Ende.«

An dieser Stelle machte die schwarze Maschine eine tiefe Verbeugung, und König Genius saß da, versunken in melancholische Meditation, und brütete so lange vor sich hin, daß sich in seinem Gefolge ein Murren erhob, man war böse auf Trurl, der sich erdreistet hatte, den Geist des Königs mit einer so traurigen Geschichte zu umwölken. Doch bald darauf lächelte der König und fragte: »Hältst du vielleicht noch etwas für uns bereit, gute Maschine?«
»Herr und Gebieter!« antwortete sie mit einer tiefen Verbeugung. »Ich will dir eine bemerkenswert tiefgründige Geschichte erzählen, von Chlorian Theoreticus alias Klapostel, einem Intellektriker und Weisen von mammonischem Format.
Es geschah einmal, daß der berühmte Konstrukteur Klapauzius, sich nichts als Ruhe wünschend nach einer Arbeit wahrhaft titanischen Ausmaßes (er hatte gerade für König Sargophil eine Maschine konstruiert Die Es Nicht Gab – doch das ist eine andere Geschichte), auf dem Planeten der Mammoniden eintraf, wo er auf der Suche nach Ruhe und Einsamkeit kreuz und quer umherwanderte. Schließlich erblickte er am Waldesrand eine armselige Hütte, von wilden Kyberberitzen gänzlich überwuchert, aus deren Schornstein Rauch aufstieg. Er wollte gerade einen weiten Bogen um diese Behausung machen; als

er jedoch an der Türschwelle eine ganze Reihe leerer Tintenfässer erblickte, veranlaßte ihn dieser einzigartige Anblick, ins Innere hineinzuspähen. Dort saß an einem massiven, steinernen Schreibtisch mit ebenso massiver Fußbank ein hochbetagter Weiser, so verrußt, so stümperhaft verdrahtet und so durchgerostet, daß man es kaum mitansehen konnte. Seine Stirn war von zahllosen Beulen übersät, seine Augen drehten sich mit schrecklichem Quietschen in ihren Höhlen, und auch die nicht geölten Glieder quietschten über alle Maßen; obendrein schien es, daß er seine elende Existenz nur Drähten, Pflastern und Klammern zu verdanken hatte – und elend genug war diese Existenz in der Tat, wie einige hier und da herumliegende Brocken von Bernstein bezeugten: Der arme Teufel verfügte offensichtlich über keine andere Energiequelle und mußte sich den lebenspendenden Strom zusammenreiben! Beim Anblick dieser Not wurde Klapauzius' Seele vom Mitleid überwältigt, und er griff bereits diskret nach seiner Geldbörse, als der Alte, der ihn aus trüben Augen anstarrte, mit schriller Stimme piepste:

»Bist du endlich gekommen?«

»Nun . . . ja . . .«, murmelte Klapauzius, überrascht, daß man ihn an einem Ort erwartete, an dem zu sein er niemals beabsichtigt hatte.

»Erst jetzt? So mögest du verrotten, verfaulen und ein böses Ende nehmen, magst dir Arme, Hals und Beine brechen!« ließ sich der Alte mit entsetzlich kreischender Stimme vernehmen und steigerte sich dabei in solche Wut, daß er nach allem griff, was in Reichweite lag – und das waren überwiegend Abfälle und Gerümpel –, und den verdutzten Klapaucius damit bombardierte. Als er schließlich so erschöpft war, daß er das Bombardement aufgeben mußte, fragte ihn das Objekt seines Zorns gleichmütig nach den Ursachen für diesen wenig gastfreundlichen Empfang. Eine Zeitlang knurrte der Alte noch: »Magst du am Kurzschluß verrecken! – Mögest du der ewigen Korrosion anheimfallen!« Doch allmählich beruhigte er sich wieder und seine Stimmung besserte sich in solchem Maße, daß er mit zornig erhobenem Zeigefinger – und nur noch hin und wieder so heftig fluchend, daß die Funken flogen und die Luft nach Ozon roch – seine Geschichte mit folgenden Worten erzählte:

»So wisse denn, Fremder, daß du den Weisen der Weisen und den Ersten unter allen Philosophastern vor dir siehst, welcher sich aus Berufung der Ontologie verschrieben und mit seinem Namen (dessen Glanz einmal den der Sterne überstrahlen wird) Chlorian Theoreticus Klapostel heißt. Geboren wurde ich als Sohn armer Eltern, und von Kindesbeinen an fühlte ich mich unwiderstehlich zum abstrakten, den Kern der Dinge durchdringenden Denken hingezogen. Als ich sechzehn Lenze zählte, schrieb ich mein erstes Opus mit dem Titel *Das Theotron*. Darin entwickelte ich meine allgemeine

Theorie der Götter *a posteriori*, d. h. der Götter, die erst nachträglich von entwickelten Zivilisationen ins Universum eingebaut werden mußten, denn wie jedermann weiß, war zuerst die Materie, und daher war ganz am Anfang noch niemand in der Lage zu denken. Damit ist klar, daß am Vorabend der Schöpfung die totale Gedankenlosigkeit geherrscht haben muß, was um so klarer wird, sobald man nur einen einzigen Blick auf diesen Kosmos wirft. Schau nur, wie er aussieht!« An dieser Stelle bekam der Alte vor Zorn einen Hustenanfall, stampfte mit dem Fuß auf, faßte sich dann jedoch wieder und fuhr mit seiner Erzählung fort:

»Ich habe den Nachweis geführt, daß man Götter *a posteriori* kreieren mußte, da es sie zuvor nicht gab; und jede Zivilisation, die sich mit der Intellektronik beschäftigt, zielt auf nichts anderes als auf die Konstruktion eines Ultimator-Omnigenerators ab, der Rektifikator des Bösen und Wegbereiter der wahren Weisheit sein soll. In diesem Werk war auch der Entwurf für das erste Theotron enthalten, mit Diagrammen und Kurven seiner Leistungsfähigkeit, gemessen in Theonen. Diese Maßeinheit der Allmacht ist ein exaktes Äquivalent für ein Wunder mit einer Reichweite von einer Milliarde Parsec. Sobald die Abhandlung erschienen war (auf meine eigene Kosten), lief ich hinaus auf die Straße, völlig sicher, daß meine Mit-Roboter mich auf ihren Schultern tragen, mit Lorbeer bekränzen und mit Gold überschütten würden, doch weit gefehlt, kein Kyberhahn hat nach mir gekräht! Mehr verwundert als enttäuscht über das Ausbleiben einer Reaktion, setzte ich mich sofort an meinen Schreibtisch und schrieb das Werk *Die Geißel der Vernunft*, es waren zwei Bände, in denen ich nachwies, daß jeder Zivilisation nur die Wahl zwischen zwei Wegen bleibt: entweder sich zu Tode zu quälen oder völlig zu verweichlichen. Und indem sie das eine oder das andere tut, frißt sie sich ihren Weg durch das ganze Universum und verwandelt die auf den Sternen verbliebenen Rohstoffe in solchen Ramsch wie Lokusbrillen, Halsketten, Zigarettenspitzen und Kopfkissen, und dieses Handeln rührt daher, daß sie – unfähig, das Universum geistig zu erfassen – das Unfaßbare in etwas Faßbares verwandeln möchte, und sie wird in diesem Bemühen nicht nachlassen, bis sie die Nebel zu Kloaken und die Planeten zu Nachtgeschirren und Bomben umgearbeitet hat, alles natürlich im Namen einer Höheren Ordnung, denn erst ein gepflastertes, kanalisiertes und katalogisiertes Universum wird aus ihrer Sicht akzeptabel. Im zweiten Band aber habe ich unter dem Titel *Advocatus materiae* dargelegt, daß der Verstand, habsüchtig und raffgierig wie er ist, erst dann glücklich und zufrieden ist, wenn es ihm gelingt, einen kosmischen Geysir zu zähmen oder einen Schwarm von Atomen einem hehren Zweck zuzuführen, indem man aus ihnen beispielsweise eine Salbe gegen Sommersprossen herstellt. Ist das erreicht, so stürzt er sich auf das nächste natürliche Phänomen, um es wie eine ausgestopfte Trophäe seiner wertvollen Sammlung einzuverleiben. Doch auch diese beiden exzellenten Werke hat die Welt mit Schweigen übergangen; damals sagte ich mir, daß nur Geduld und Ausdauer zum Ziel führen könnten. Nachdem ich zuerst das Universum gegen den Verstand verteidigt hatte, an dem ich wirklich kein gutes Haar lassen konnte, nahm ich sodann den Verstand gegen das Universum in Schutz, dessen Unschuld darauf basiert, daß die Materie alle Arten von Scheußlichkeiten gestattet, nur weil sie geistlos ist. Sodann schrieb ich einer Inspiration des Augenblicks folgend den *Schneider des Seins*, wo ich logisch deduzierte, daß die Streitigkeiten der Philosophen eine sinnlose Sache sind, denn jeder muß seine eigene Philosophie haben, die ihm paßt wie ein maßgeschneiderter Anzug. Da man auch dieses Werk mit dumpfem Schweigen begrüßte, schuf ich sogleich das nächste; dort legte ich alle möglichen Hypothesen betreffend den Ursprung des Universums dar – erstens, es existiert überhaupt nicht; zweitens, es ist Resultat all der Fehler, begangen von einem gewissen Kreatorikus, der versuchte, die Welt zu schaffen, ohne eine blasse Ahnung davon zu haben, wie man so etwas macht; drittens, die Welt ist in Wirklichkeit die Halluzination eines Superhirns, das auf infinite, jedoch begrenzte Weise Amok läuft; viertens, es ist ein idiotischer Gedanke, materialisiert als Witz; fünftens, es ist denkende Materie, ausgestattet mit einem unerhört niedrigen IQ – und dann wartete ich, meiner Sache absolut sicher, auf vehemente Attacken, hitzige Debatten, notorische Nörgeleien, Lorbeeren, Gerichtsverfahren, Fan-Post und anonyme Drohungen. Doch wieder nichts, absolut nichts. Es war einfach nicht zu glauben. Da dachte ich mir, womöglich hätte ich nicht genug von anderen Denkern gelesen; ich besorgte mir ihre Werke und machte mich der Reihe nach mit den berühmtesten unter ihnen vertraut – und so las ich also Frenetius Perlesius, Buffon von Schneck, Begründer der Schneck-Schule, Turbulon Kratafalk, Sphärikus von Logara und natürlich auch Lemuel den Kahlen.

Doch in all diesen Werken entdeckte ich nichts von Bedeutung. Inzwischen verkauften sich meine Bücher, ich nahm daher an, daß jemand sie las, und wenn dem so wäre, würden die Resultate nicht auf sich warten lassen. Insbesondere hegte ich keinen Zweifel daran, daß mich der Tyrann zu sich rufen und verlangen würde, ich sollte seine Person in den Mittelpunkt meines Schaffens stellen und seinem Namen zu unsterblichem Ruhm verhelfen. Ich malte mir genau aus, wie ich ihm antworte, daß ich der Wahrheit allein diene und für sie, falls notwendig, auch mein Leben lassen würde; der Tyrann, lechzend nach Lobpreisungen, wie sie nur mein brillanter Geist zu formulieren vermochte, würde sodann versuchen, mich mit honigsüßen Schmeicheleien wan-

kelmütig zu machen und mir sogar ganze Säcke klingender Münzen zu Füßen legen zu lassen, doch angesichts meiner Unbeugsamkeit würde er beeinflußt durch seine Hofsophisten sagen, da ich mich nun einmal mit dem Universum befaßte, sei es ebenso meine Pflicht, mich mit ihm zu befassen, denn letztlich verkörpere auch er einen bestimmten Teil des kosmischen Ganzen. Daraufhin würde ich ihn mit Hohn und Spott überschütten, er aber würde mich schlimmsten Torturen ausliefern. Und so stählte ich meinen Körper bereits, damit er selbst schrecklichsten Folterungen widerstehen könnte. Doch Tage und Monate vergingen, und nichts, kein Wort vom Tyrannen – vergeblich hatte ich mich aufs Martyrium vorbereitet. Lediglich ein gewisser Schreiberling namens Würgobald schrieb in einem üblen Revolverblatt, der Hofnarr Chlorian verzapfe allerlei dummes Zeug sowie haarsträubenden Unsinn, und zwar in einem Buch mit dem drolligen Titel »Das Theotron oder Pissen ist Macht«.
Ich stürzte an mein Bücherregal – tatsächlich, kein Zweifel möglich, der Drucker hatte aus irgendeinem Grunde ein P anstelle des W in den Titel gesetzt . . . Mein erster Impuls war, ihn auf der Stelle umzubringen, doch dann siegte die Vernunft. »Meine Zeit wird kommen!« sprach ich zu mir. »Es kann doch nicht sein, daß da jemand mit ewigen Wahrheiten nur so um sich wirft, so daß das reichlich gespeiste Licht der ultimativen Erkenntnis hell auflodert – und

nichts! Ruhm und Ehren werden kommen, ein Thron von Elfenbein, der Titel des Ersten Philosophioten bei Hofe, die Liebe der Völker, süße Erquickung in der Stille eines schattigen Obstgartens, meine eigene, die Chlorianische Schule, mit Jüngern, die an meinen Lippen hängen, eine jubelnde Menge! Denn wahrlich, Fremdling, gerade solche Träume sind es, die jeder der Weisen hegt. Sie erzählen dir zwar, Erkenntnis sei ihre einzige Speise und die Wahrheit ihr einziger Trank, und es gelüste sie weder nach irdischen Gütern noch nach der heißen Umarmung der Thermätressen, nicht nach dem Glanz des Goldes und funkelnden Ordenssternen, nicht nach Ruhm und nicht nach Beifall. Märchen, nichts als Ammenmärchen, Euer Fremd- und Wohlgeboren! Sie alle lechzen danach, der einzige Unterschied zwischen ihnen und mir besteht darin, daß ich wenigstens die geistige Größe besitze, mich zu solchen Schwächen zu bekennen, offen und ohne Scham. Doch die Jahre vergingen, und von mir sprach niemand anders als von Chlorian dem Narren oder dem armen alten Chlori. Als der vierzigste Jahrestag meiner Geburt gekommen war, konnte ich es kaum fassen, daß ich noch immer auf das Echo der Massen warten mußte, doch es kam auch jetzt nicht. Also setzte ich mich an meinen Schreibtisch und schrieb mein Werk über die MASTEN, welche das Volk sind, das die MAximale STufe der ENtwicklung im ganzen Kosmos erreicht hat. Wie, du hast nie von ihnen gehört? Ich auch nicht, ich habe sie auch nie gesehen und erwarte nicht, daß es mir noch gelingt; ihre Existenz aber habe ich auf rein deduktiver Grundlage nachgewiesen, logisch, zwingend, theoretisch. Denn wenn das Universum – so war meine Argumentation – Zivilisationen auf unterschiedlicher Entwicklungsstufe enthält, so müssen die meisten ein durchschnittliches Niveau aufweisen, und nur einige wenige sind in der Entwicklung zurückgeblieben, während andere an der Spitze stehen. Und betrachten wir die statistische Streuung, wenn es zum Beispiel um die Körpergröße innerhalb einer bestimmten Gruppe von Personen geht, so werden die meisten mittelgroß sein, doch ein einziger ist der Größte, und analog dazu muß im Universum eine Zivilisation existieren, welche die maximale Stufe der Entwicklung erreicht hat. Ihre Bewohner, die MASTEN, wissen Dinge, von denen wir nicht einmal träumen. All das habe ich in vier Bänden zusammengefaßt, wobei ich für das Hochglanzpapier und das Portrait des Autors auf der Titelseite ein Vermögen ausgab, doch auch diese Tetralogie teilte das Schicksal ihrer Vorgänger. Vor einem Jahr, als ich das ganze Werk, Seite für Seite, noch einmal las, mußte ich weinen, so brillant war es geschrieben, so erfüllt vom Atem des Absoluten – doch nein, es läßt sich einfach nicht beschreiben! Im Alter von fünfzig Jahren hätte ich beinahe den Verstand verloren. Ich kaufte mir die Werke anderer Philosophen, die großen Reichtum und die Süße des Erfolgs genossen, denn ich war neugierig, was das für Dinge waren, über die sie schrieben. Nun, sie schrieben über den Unterschied zwischen der Vorderseite und der Kehrseite der Dinge, über die herrliche Form des Throns, auf dem der Tyrann saß, über seine süßen Armlehnen und gerechten Füße, Traktate über geschliffene Manieren, detaillierte Beschreibungen, wobei sich niemand von ihnen auch nur im mindesten selbst lobte, und doch ergab es sich irgendwie, daß sich Strunzel vor Bewunderung über Perlesius nicht zu lassen wußte, Perlesius aber dem Genie Strunzel Tribut zollte, während beide von den Logariten in den Himmel gehoben wurden. Und dann wurden die drei Brüder Filzinger auf den Gipfel des Ruhms katapultiert: Filzlieb hob Filzobald empor, Filzobald wiederum den Filzislaw, und Filzislaw tat dasselbe für Filzlieb. Als ich all diese Werke studierte, sah ich plötzlich rot, ich stürzte mich auf sie, zerknüllte die Seiten, zerriß sie und begann sie sogar zu zernagen, bis ich mir Erleichterung verschafft hatte und meine Tränen getrocknet waren; dann setzte ich mich sogleich nieder und schrieb das Werk *Die Evolution der Vernunft als ein Zwei-Zyklen-Phänomen*. Denn wie ich in dieser Abhandlung nachwies, stehen Roboter und Bleichlinge in einer zyklischen Verbindung. Durch das Wallen und Wirbeln schleimigen Tons an salzigen Gestaden entstehen klebrige und bleiche Wesen, die daher auch Albumenser genannt werden. Im

Laufe der Jahrhunderte lernen sie schließlich, wie man Metallen den Odem des Lebens einhaucht, und sie bauen sich Automaten, die ihnen als Sklaven dienen. Nach einiger Zeit jedoch verlaufen die Dinge in entgegengesetzter Richtung, und unsere Automaten, die sich von den klebrigen Albumensern befreit haben, beginnen mit Experimenten, um herauszufinden, ob Bewußtsein auch in einer gelatinösen Substanz existieren kann, was natürlich möglich ist, und zwar in albuminösen Proteinen. Doch jetzt, nach Millionen von Jahren, entdecken die synthetischen Bleichlinge erneut das Eisen, und so verläuft der Prozeß bald in die eine, bald in die andere Richtung, bis in alle Ewigkeit. Wie du siehst, habe ich auf diese Weise die uralte Frage entschieden, wer zuerst da war, der Roboter oder der Bleichling. Dieses Werk sandte ich an die Akademie, sechs Bände in Leder gebunden, die Druckkosten verschlangen den letzten Rest meines Erbes. Muß ich dir sagen, daß man auch dieses Meisterwerk mit Schweigen überging? Ich war bereits über die Sechzig hinaus und ging bereits auf die Siebzig zu, und alle Hoffnung auf Ruhm zu meinen Lebzeiten schwand allmählich dahin. Was konnte ich also tun? Ich begann, an die Nachwelt zu denken, an die künftigen Generationen, die mich eines Tages entdecken und sich vor meinem Namen in den Staub werfen würden. Doch welchen Nutzen, so fragte ich mich, würde ich davon haben, wenn ich nicht mehr am Leben war? Und ich sah mich in Übereinstimmung mit meiner Lehre, die in vierundvierzig Bänden mit Prolegomena, Paralipomena und Appendizes enthalten ist, zu dem Schluß genötigt, daß ich absolut keinen Nutzen davon haben würde. Ich schäumte vor Wut und setzte mich sogleich an meinen Schreibtisch, um mein »Testament für die Nachwelt« zu schreiben, und ich begann auf die künftigen Generationen zu spucken, sie zu schmähen, zu beschimpfen, zu verhöhnen und nach allen Regeln der Kunst zu verfluchen, alles natürlich auf streng wissenschaftliche Weise. Was sagst du da? Ungerecht wäre das, und meine Empörung hätte sich besser gegen meine Zeitgenossen gerichtet, die es versäumten, mein Genie anzuerkennen? Denk noch einmal nach, verehrter Fremdling! Zu der Zeit, da man mein *Testament* ehrfurchtsvoll, ja wie ein Heiligtum betrachten wird, da jeder Buchstabe den Glanz unsterblicher Größe ausstrahlen wird, werden meine Zeitgenossen längst zu Staub und Asche geworden sein, und wie sollen meine Flüche und Verwünschungen sie dann erreichen? Wäre ich so verfahren, wie du sagst, so würden die Nachkommen mein Werk in eitler Selbstzufriedenheit studieren und nur anstandshalber seufzen: »Ach, der Arme! Mit welch ergebenem Heroismus hat er seine grausame Anonymität ertragen! Wie berechtigt war sein Grimm gegen unsere Vorfahren, und wie edel war es von ihm, uns dennoch die Früchte seines Lebenswerks zu hinterlassen!« Ja, genau das würden sie sagen! Und was dann? Diese Idioten, die mich lebendig begruben, sollen sie etwa ungestraft davonkommen? Sollte das Grab ein Schild sein gegen den Pfeil der Rache? Der bloße Gedanke daran bringt mein Schmieröl zum Sieden! Sollten die Söhne meine Werke etwa in Frieden lesen und ihre Väter milde tadeln, weil sie mich so verkannten? Niemals!!! Ich will ihnen zumindest aus weiter Ferne einen Fußtritt geben, und sei es aus dem Grabe! Mögen diejenigen wissen, die meinen Namen mit güldenen Lettern schreiben und mir strahlende Denkmäler errichten werden, daß ich ihnen zum Dank dafür folgende Segenswünsche mit auf den Weg gebe: »Mögt ihr euch sämtliche Zahnräder verrenken, mögen euch die Ventile platzen und die Kabel durchschmoren, mögen eure Daten gelöscht werden, und mögt ihr selbst von Kopf bis Fuß mit Grünspan überzogen werden, wenn ihr nicht mehr tun könnt, als auf dem Friedhof der Geschichte exhumierte Leichen zu ehren!« Vielleicht wird es unter ihnen einen neuen Weisen geben, doch sie, gerade vollauf damit beschäftigt, die noch fehlenden Teile meiner Korrespondenz mit meiner Waschfrau aufzuspüren, werden keinerlei Notiz von ihm nehmen! Mögen sie wissen, sage ich, und mögen sie es ein für allemal wissen, daß mein von Herzen kommender Fluch und mein aufrichtiger Abscheu immer mit ihnen sind und daß ich sie für Grabschlecker, Skelettküsser und schrottverzehrende

Schakale halte, die sich nur deswegen von Aas nähren, weil niemand von ihnen lebendige Weisheit zu erkennen vermag! Mögen sie, wenn sie die Gesamtausgabe meiner Werke veröffentlichen – welche ja auch das *Testament*, meinen letzten über sie verhängten Fluch, enthalten wird –, mögen diese Nekromanten und Nekrophilister der Möglichkeit beraubt sein, sich selbst zu gratulieren, daß der unvergleichliche Weise, Chlorian Theoreticus Klapostel, der das bis in alle Ewigkeit gültige Portrait der Zukunft entwarf, einer ihrer Vorfahren war! Und wenn sie meine Denkmäler mit Sidol polieren, so soll ihnen dabei bewußt sein, daß ich ihnen das Allerschlimmste wünsche, was das Universum zu bieten hat, und daß das Ausmaß meines Hasses, den ich ihnen über die Zeiten entgegenschleudere, nur von dessen Ohnmacht übertroffen wird. Mögen sie also wissen, daß ich mich nicht zu ihnen bekenne und daß es zwischen mir und ihnen nichts gibt außer dem aufrichtigen Ekel, den ich für sie hege!!!«

Vergeblich hatte Klapauzius während der langen Ansprache versucht, den mehr und mehr in Zorn geratenen Weisen zu beruhigen. Nach seinen letzten Worten sprang der Alte auf, drohte den kommenden Generationen mit erhobener Faust und ließ einen Schwall entsetzlicher Schimpfworte los (wo hatte er sie nur gelernt, in seinem ganz der Erkenntnis geweihten Leben?); dann stampfte er, wutschnaubend und vor Zorn blau im Gesicht, mit dem Fuß auf, schrie noch einmal laut auf und brach in einem Funkenregen zusammen, dahingerafft durch ein Übermaß an cholerischer Spannung! Klapauzius, niedergeschlagen durch diese unerfreuliche Wendung der Dinge, setzte sich auf einen Felsblock, nahm das *Testament* und begann zu lesen, wenngleich ihm schon auf der zweiten Seite die Augen übergingen angesichts der drastischen Epitheta, mit denen die Nachwelt hier bedacht wurde. Am Ende der dritten Seite mußte er sich den Schweiß von der Stirn tupfen, denn hier erwies sich der nunmehr selige Chlorian Theoreticus in einem Ausmaß als Meister der Invektive, das wahrhaft kosmisch war. Drei Tage lang las Klapauzius dieses *documentum*, den Blick starr auf das Manuskript gerichtet, bis er schließlich vollkommen verwirrt war. Sollte er es der Welt offenbaren oder sollte er es vernichten? Und so sitzt er bis auf den heutigen Tag dort, unfähig, eine Entscheidung zu treffen . . .«

»Mich dünkt«, sagte König Genius, nachdem die Maschine geendet und sich zurückgezogen hatte, »in alledem ist eine gewisse Anspielung auf das Problem der Bezahlung enthalten, das sich jetzt in der Tat stellt, denn nach einer mit Märchenerzählen verbrachten Nacht tritt bereits das Licht des neuen Tages in die Höhle. Wohlan, mein braver Konstrukteur, sag mir, womit ich dich belohnen soll!«
»Majestät bringen mich in eine gewisse Verlegen-

heit«, sagte Trurl. »Sobald ich etwas wünsche und bekomme, könnte es mich reuen, daß ich nicht mehr gefordert habe. Gleichzeitig möchte ich Eurer Königlichen Majestät nicht zu nahetreten, indem ich eine allzu hohe Summe nenne. Und daher möchte ich die Festsetzung meines Honorars ganz der Gnade Eurer Hoheit überlassen . . .«

»So soll es sein«, sagte der König bereitwillig. »Die Geschichten waren ausgezeichnet, die Maschinen ohne Frage vollkommen, und daher sehe ich keine Alternative, als dich mit dem größten aller Schätze zu belohnen, einen Schatz, den du, da bin ich mir ganz sicher, gegen keinen anderen eintauschen möchtest. Ich schenke dir Leben und Gesundheit, denn das ist in meinen Augen das einzig angemessene Geschenk. Alles andere wäre eine Beleidigung, denn kein Gold der Welt kann Wahrheit oder Weisheit aufwiegen. Geh hin in Frieden, guter Freund, verbirg auch fernerhin die Wahrheiten, die allzu bitter sind für diese Welt, hinter der Maske von Märchen und Balladen!«

»Majestät«, sagte Trurl fassungslos, »hattet Ihr ursprünglich vor, mich meines Lebens zu berauben? Sollte meine Belohnung so ausfallen?«

»Du kannst meine Worte interpretieren, wie du magst«, antwortete der König. »Doch höre nun, wie ich die Sache sehe: Hättest du mich lediglich unterhalten, so hätte meine Freigebigkeit keine Grenzen gekannt. Doch du hast sehr viel mehr getan, und das vermag kein Reichtum im ganzen Universum aufzuwiegen. Darüber hinaus, daß ich dir jetzt die Möglichkeit gewähre, weiterhin das zu tun, womit du deinen Ruhm begründet hast, vermag ich dir keine höhere Belohnung oder Bezahlung zu geben . . .«

Bibliothek Suhrkamp

Alphabetisches Verzeichnis